Sabine Steger

Kanjak
Saving Hearts

Für Peter und Kathrin!

Viel Spaß beim Lesen!

Sabine, den 13.11.2010

Sabine Steger

KANJAK
- Saving Hearts -

Re Di Roma-Verlag

Bibliografische Information der Deutschen
Nationalbibliothek:
Die Deutsche Nationalbibliothek verzeichnet
diese Publikation in der Deutschen
Nationalbibliografie; detaillierte bibliografische
Daten sind im Internet über http://dnb.ddb.de
abrufbar.

ISBN 978-3-86870-229-3

Copyright (2010) Re Di Roma-Verlag

Umschlagillustration: cw-design / photocase.com

Alle Rechte beim Autor

www.rediroma-verlag.de
8,50 Euro (D)

Für meine Familie und meine Freunde

Prolog:

Vor langer Zeit entstand durch Gottes Willen eine Gabe, mächtiger als alles andere auf Erden; es war die Gabe zu helfen.
Diese wollte Gott einem Tier auf Erden übergeben, das ausdauernd, mutig aber auch einfühlsam ist.
Lange suchte Gott nach diesem Geschöpf, bis er eines Tages einem Mustanghengst in Texas begegnete.
Dieser Hengst war der stolze Führer einer riesigen Herde und verteidigte diese gerade gegen zwei angreifende Berglöwen.
Eisern gruben sich seine Hufe in den weichen Steppenboden, nicht bereit, die Angreifer auch nur einen Schritt näher an seine Schützlinge zu lassen.
In seinen Augen spiegelte sich pure Willenskraft. Und noch etwas las Gott in den Augen des Pferdes: Es würde lieber sterben, als dass der Herde etwas zustoßen würde.
Ein letztes Mal warf der anmutige Vierbeiner seine Hufe in die Luft, um die Berglöwen zu vertreiben. Dann schnaubte er zufrieden, als die Raubkatzen endlich das Weite suchten und galoppierte ihnen noch ein Stückchen hinterher, nur um sicher zu gehen, dass sie nicht wiederkommen würden.
Schließlich kam er wieder ohne ein Anzeichen der Erschöpfung zu der Herde zurückgetrabt.
Nun war es Gott klar, wem er diese mächtige Gabe überreichen würde: dem Pferd.
Doch da der Mensch der eigentliche Herrscher auf Erden war und Gott wollte, dass Tiere und Menschen

sich verbündeten, sollten Pferd und Mensch *zusammen* Helfer und Retter der Tiere werden …

1. Kapitel:

„Wer als erster an der Koppel ist!", rief Katharina - kurz Kathy - ihrer besten Freundin Ashley zu und spurtete nach Hause. Der Unterricht hatte gerade geendet, und die Mädchen hatten sich verabredet, sich gleich nach der Schule bei Kathy zu treffen, dort Hausaufgaben zu machen und dann ein paar Runden auf Katharinas Pferd Amazing Grace auf der Koppel zu drehen.
„Ja, klar! Sonst noch was?", entgegnete Ashley fröhlich und eilte ihrer Freundin hinterher.
Nach Atem ringend kamen die Beiden schließlich bei Kathys Haus an und schnauften erst einmal kräftig durch.
„Gewonnen!", japste Kathy.
„Du hattest aber auch einen Vorsprung!", gab die Andere gespielt beleidigt zurück.
„Komm, lass uns reingehen und schnell die Hausaufgaben erledigen, sonst haben wir keine Zeit mehr zum Reiten!"
„Ja, ja! Immer vom Thema ablenken!", neckte Ashley und kicherte fröhlich.
„Du bist blöd!", regte sich die Angesprochene auf und boxte die Freundin freundschaftlich in die Seite.
„Du hast mir einen tödlichen Stoß versetzt! Auf Wiedersehen du schöne Welt!", mit diesen Worten ließ sich Ashley theatralisch auf das Bett fallen, denn die Mädchen waren inzwischen in Katharinas Zimmer angelangt.

„Du bist echt unmöglich, Ash! Hilf mir lieber bei dieser unlösbaren Matheaufgabe, die uns unser übergenauer Mathelehrer aufgegeben hat!" Maulend erhob sich das Mädchen vom Bett und setzte sich auf einen der beiden Drehstühle vor Kathys Schreibtisch.
„Oh, je! Wie soll man so etwas lösen können!", stöhnte es, als es einen Blick auf die Hausaufgaben geworfen hatte.
„Indem man rechnet!", gab Kathy genervt zurück und nahm ihren blauen Lieblingsfüller zur Hand.
Irgendwie hatten es die beiden dann doch geschafft die Hausaufgaben zu erledigen und eilten zu Amazing Graces Koppel.
Dort angekommen trensten sie das Pferd auf und setzten sich dann hintereinander, denn so ritten sie immer, wenn sie zu zweit waren, auf den blanken Rücken des ausdauernden aber auch sanftmütigen Quarter Horses und verweilten lange auf der Koppel, die direkt vor Kathys Haus lag. Sie trabten fröhlich und schafften es sogar, einmal zusammen zu galoppieren.
„Juhu! Das macht Spaß!", jauchzte Ashley und wäre fast heruntergefallen, als Kathy Amazing Grace plötzlich durchparierte.
„Mensch, kannst du mich nicht warnen, wenn du Sliding Stops vollführst?!"
Ein Sliding Stop ist eine Westerndisziplin, in der man das Pferd aus vollem Galopp zum Stehen bringt.
„Erstens, war das kein Sliding Stop, und zweitens: Ich glaube, du musst jetzt gehen!", verteidigte sich die Pferdebesitzerin. Alarmiert fragte Ashley: „Wie viel Uhr haben wir!?"
Die Freundin hielt ihr ihre Armbanduhr hin. „Oh je! Ich müsste schon längst daheim sein! Sorry, du musst Gracie wohl alleine fertigmachen!"

„Kein Problem! Zisch los!", meinte Kathy großzügig.
„Danke! Also ich bin dann mal weg", rief Ash und rannte auch schon die Einfahrt hinunter.
„Na komm, meine Süße!", sagte die noch Dagebliebene sanft zu ihrem Pferd und führte es zum Haus. Da aber das Wetter so schön war, beschloss Kathy nach dem Abendessen noch einen kleinen Ausritt in den Wald zu machen.

„Gracie!", rief Katharina schon von weitem, als sie sich, zum zweiten Mal an diesem Tag, zur Koppel ihrer geliebten Stute Amazing Grace aufmachte. Diese hob den Kopf und spitzte die Ohren, wandte sich dann aber wieder dem saftigen Gras zu.
„Komm schon, du gefräßiges Pferd!", rief Kathy noch einmal. Inzwischen war sie am Koppelzaun angelangt, stützte sich auf die Zaunlatten und sah zu, wie sich die Stute gemächlich zum Weidenende aufmachte. „Was bin ich nur für ein Glückspilz", dachte sie selig, „ ich meine, wie viele pferdeverrückte Mädchen haben ein eigenes Pferd direkt vor dem Haus?" Sie wurde aus ihren Gedanken gerissen, als ein samtweiches Pferdemaul in ihrer Hosentasche herumstoberte.
„Ach Grace!", lachte Kathy fröhlich. Die Stute wusste doch immer, dass sie etwas Leckeres in der Tasche hatte! Das Tier schnaubte zufrieden, als es die Karotte aus der Tasche herausgeholt hatte und wieherte triumphierend, als wolle es sagen:
Schaut nur, was für ein schlaues Pferd ich doch bin!
Kathy gab ihr noch die andere Karotte und führte sie dann zum Anbindeplatz vor dem Haus.
Es war ein schönes Gebäude mit sandfarbenem Verputz und braunen Ziegeln. Eine Efeuranke, die Lieb-

lingspflanze ihrer Mutter, schlängelte sich fast bis zum Dach hinauf und gab dem Gemäuer einen einladenden Eindruck. Kathy sattelte Amazing Grace und ließ sich in den bequemen Westernsattel plumpsen.
„Los, Gracie!", rief sie und schnalzte mit der Zunge. Sie freute sich auf ihren Ausritt, denn noch ahnte sie nicht, was passieren würde.

*

Kathy liebte es, im Oktober durch den bunten Wald zu reiten. In ihr kam dann immer ein Gefühl der grenzenlosen Freiheit auf. Die Vögel zwitscherten, ein Specht klopfte sich eine neue Behausung für den Winter und eine Hasenfamilie nahm flink Reißaus, als Katharina vorbeiritt. Plötzlich raschelte es verdächtig im Unterholz, Amazing Grace erschrak, machte panisch einen Satz zur Seite und rannte so schnell sie konnte los. Kathy warf voller Angst einen Blick über die Schulter und blinzelte. Dort, direkt neben dem großen Baum, hatte doch gerade ein Pferd gestanden! Sie sah genauer hin, aber das Tier war verschwunden . . .

Katharina brachte die verschwitzte, immer noch panische Stute mit Mühen unter Kontrolle und sprach beruhigend auf sie ein. „Soll ich lieber heimreiten oder soll ich den Baum noch einmal untersuchen?", fragte sich Kathy.
„Wenn nur Ashley hier wäre! Sie wüsste bestimmt einen Rat!" Das Mädchen grübelte weiter und kam

schließlich zu dem Entschluss, sich die Stelle anzusehen.
Doch als es Amazing Grace näher an den Baum zu lenken versuchte, stieß die Stute die Vorderbeine in den weichen Waldboden, als wolle sie sagen:
Bis hierhin und nicht weiter!
Nach einigen vergeblichen Versuchen die Stute vorwärts zu bewegen, gab Kathy es auf und lenkte das Tier nach Hause.

*

Dort angekommen versorgte Kathy Amazing Grace und ging dann früh zu Bett, denn sie musste nachdenken. Sie hatte sich vorgenommen, ihren Eltern Amy und Ken erst einmal nichts zu sagen und morgen noch einmal zu Fuß in den Wald zu gehen. Irgendwann fielen ihr die Augen zu, und der Schlaf übermannte sie wie eine wogende Welle.

*

Sie befand sich auf einem steil abfallenden Abhang. In der Ferne sah sie Kakteenwälder, und die Sonne versank hinter dem Horizont wie ein rot glühender Ball, der ins Meer fällt und dessen Licht dann erlischt.
Moment mal! Kakteen?! Wie konnte das sein? Bei ihr zu Hause gab es doch gar keine Kakteen! Kathy erinnerte sich schmerzhaft an ihren schönen Mischwald

daheim in Deutschland, wie sie letztes Jahr mit Amazing Grace im Laub gespielt hatte und Katharina mit Ashley einen Dachsbau mit jungen Babydachsen entdeckt und beim Aufwachsen zugesehen hatte.
Wo war sie bloß?
Und dann wurde es dem Mädchen schlagartig bewusst: Sie war in der Prärie!
Gerade als Katharina eine Woge von Panik zu überrollen drohte, hörte sie eine sanfte, beruhigende Stimme sagen:
„Du brauchst keine Angst haben!"
„Wer ist da?", fragte Kathy entsetzt und wirbelte herum, doch sie konnte niemanden sehen. Plötzlich begann sich alles zu drehen und die Landschaft verschwand vor den Augen des Mädchens, bevor sie das schwarze Pferd mit der stichelhaarigen Blesse, das in der Nähe eines Gebüsches stand, entdecken konnte.

2. Kapitel:

„Katharina?", fragte eine Stimme im Hintergrund, „geht es dir gut?"
„Wer spricht da?", dachte Kathy. Das Mädchen versuchte durch das Rauschen in ihren Ohren hindurch zu erkennen, wer da gesprochen hatte. Oder hatte es sich die Stimme nur eingebildet? Nein, da war sie wieder und diesmal schon deutlicher zu hören.
Unter Mühen schlug Kathy die Augen auf und erkannte ihre Mutter Amy, die sich mit sorgenvollem Gesicht zu ihr heruntergebeugt hatte.
„Geht es dir gut, Schatz?", fragte Amy noch einmal.
„Du hast geschrieen, als wärest du erstochen worden und bist dann aus dem Bett gefallen", erklärte ihre Mutter. Doch Kathy hörte ihr schon gar nicht mehr zu und flitzte die Treppe hinunter.
Sie musste unbedingt mit Ashley sprechen und noch einmal in den Wald!
Als sie das Telefon fast erreicht hatte, hielt sie so abrupt an, dass sie gegen das Schränkchen stieß, worauf das Telefon lag, und es nur durch eine reflexartige Bewegung schaffte, den Hörer zu fangen.
„Puh!", stöhnte sie und ließ sich erst einmal in den bequemen beigefarbenen Ledersessel neben dem Telefonschränkchen fallen. Sie nahm den Hörer in die Hand und starrte, unschlüssig was sie tun sollte, darauf.
Irgendeine Stimme tief in ihr drin sagte ihr, dass sie Ashley noch nichts verraten sollte. Seufzend legte sie das Gerät wieder an seinen Platz und stürmte dann an

ihrer, den Kopf schüttelnden, und: „Dieses Kind!" murmelnden Mutter vorbei aus dem Haus, denn sie wollte sich die seltsame Stelle mit dem Pferd noch einmal ansehen.

*

Außer Puste gelangte Katharina am Waldrand an, wo sie sich erst einmal nach Luft ringend gegen einen Baumstamm lehnte. Als das Mädchen wieder einigermaßen bei Atem war, machte es sich auf, die geheimnisvolle Stelle im Wald zu suchen.

*

Im Wald roch es verführerisch nach Honig und Tannenzapfen, und als sich Kathy einem Gebüsch näherte, huschte ein braunes Eichhörnchen daraus hervor und verschwand gleich darauf in den stämmigen Wipfeln einer Eiche.
Ach, wie Kathy es doch liebte, im Wald spazieren zu gehen! Er hatte immer etwas Beruhigendes und Heimatliches an sich.
Doch diesmal war es anders. Das Geäst strahlte etwas Gefährliches aus, und Katharina hatte das Gefühl, beobachtet zu werden, was ihre Furcht und die Gänsehaut auf ihrem Rücken nicht gerade linderte.
Je näher sie der mystischen Stelle kam, desto unheim-

licher wurde der sonst so vertraute Wald.
Viel zu bald kam das Mädchen an ihrem Ziel an und sah sich um.
„Wieder nichts!", murmelte es, „langsam glaube ich, ich bilde mir das alles nur ein!"
Gerade wollte sich Kathy umdrehen und wieder nach Hause laufen, als sie im Augenwinkel etwas bemerkte: Einen Hufabdruck!
War er von Amazing Grace? Nein, dafür war der Abdruck zu klein und Kathy kannte auch kein anderes Pferd aus der Umgebung, außer ihrer Stute.
Und noch etwas fiel ihr auf: Der Boden war staubtrocken!
Das konnte doch gar nicht sein! Schon seit Tagen war kein Tropfen mehr vom Himmel gefallen und der Abdruck war erst seit heute da, sonst hätte Katharina ihn doch bei ihren täglichen Ausritten entdeckt! Sie musste, wenn sie zu ihrem Lieblingsreitpfad wollte, immer hier entlang! Aber wenn es nicht nass war, konnte doch auch kein Abdruck entstehen!
Auf einmal verspürte das Mädchen große Angst und wollte einfach nur weg. Es fühlte sich so beobachtet...
Ohne sich noch einmal umzudrehen, lief Kathy nach Hause.
Hätte sie das Gebüsch, hinter dem *er* stand, nur etwas näher untersucht...

Als Kathy im Bett lag, bereute sie es sehr, sich nicht länger umgesehen zu haben. Bestimmt hätte sie noch irgendeinen Anhaltspunkt finden können, der bewies, dass sich ein fremdes Pferd im Wald aufhielt!
Aber nein! Sie war ja mal wieder zu feige!
Ärgerlich drehte sie sich im Bett um und versuchte zu

schlafen.
Morgen, ja morgen, würde sie das Geheimnis um das mysteriöse Pferd lüften!

*

Am nächsten Morgen ging Kathy gleich in den Wald, das hieß, als sich die Nebelschwaden aufgelöst hatten (denn sonst war es ihr zu unheimlich), um zum zweiten Mal zu der Stelle zu wandern.
Verzweifelt versuchte Kathy die Angst, die wie eine kalte Hand langsam ihren Rücken hinaufkroch, abzuschütteln, indem sie vor sich hinsang, doch dies gelang ihr überhaupt nicht.
An dem unheimlichen Platz angekommen hielt Kathy nach dem Hufabdruck Ausschau, doch sie konnte ihn nirgends entdecken.
„Alles Einbildung!", murmelte Kathy verwirrt.
„Nein, ist es nicht!", sagte plötzlich eine sanfte Stimme hinter ihr.
Katharina wirbelte herum und erstarrte.

3. Kapitel:

Vor ihr stand ein schwarzer Hengst mit einer stichelhaarigen Blesse und Kathy vermutete, dass er von indianischer Abstammung sei. Er hatte einen athletischen Körperbau und einen stolz erhobenen Schweifansatz, was auf Araberblut hinwies. Irgendwoher kannte Katharina das Pferd, aber sie wusste nicht woher.
Und dieser Hengst sah sie mit warmen Augen an, stupste sie mit dem samtweichen Maul und sagte:
„Du brauchst dich nicht zu fürchten, ich tue dir nichts!"
„Nein, das kann nicht sein, ich muss mir wohl eine Gehirnerschütterung zugezogen haben, als ich aus dem Bett gefallen bin! Ein Pferd kann nicht sprechen!", dachte Kathy bei sich.
„Also, um hier mal ein paar Dinge klarzustellen", meldete sich der Vierbeiner wieder zu Wort, "erstens, du hast *keine* Gehirnerschütterung, zweitens, ich *kann* sprechen!"
Da! Jetzt hatte es Katharina genau gesehen! Das Maul des Pferdes hatte sich bewegt!
„U...und d...du k...kannst w...wirklich *sprechen*?!", stammelte sie.
„Ja, aber nicht jeder kann mich verstehen. Du könntest mich auch nicht hören, wenn ich es nicht wollte."
„Verstehe, aber warum willst du, dass ich dich hören kann?", fragte Kathy fassungslos.
„Weil ich dich einer Probe unterziehen will", erklärte das Pferd und fügte noch schnell dazu: "Natürlich nur, wenn du es willst."

*

„W…was für eine Probe?", wollte Kathy stammelnd wissen.
„Die Probe, in der ich herauszufinden versuche, ob du die *Auserwählte* bist. Tut mir Leid, mehr kann ich dir noch nicht sagen. Wichtig ist aber, dass du mir vertraust."
Der Hengst sah Kathy mit seinen unergründlichen braunen Augen so sanft an, dass irgendeine untrügliche Stimme in Kathy sagte:
Glaub ihm! Er will dir nichts Böses! Kathy atmete tief durch und antwortete dann:
„Okay, ich stelle mich der Probe."
Kathy wollte immer noch nicht so richtig glauben, dass sie mit einem *Pferd* sprach, aber wer konnte sich das schon vorstellen!?
Um das Maul des Pferdes spielte eine Art des Lächelns, als es fortfuhr:
„Gut, dann geht es jetzt los! Du wirst gleich ein Fohlen in einer Vision sehen. Es wird von zwei bösen Männern bedroht, aber du darfst dem Fohlen nicht helfen!"
Nach diesen Worten begann sich die Landschaft vor Kathy zu drehen, und dann wurde alles schwarz um sie…

*

Als sich die Dunkelheit vor ihren Augen lichtete, sah sich Kathy um. Sie stand auf einem Abhang wie in ihrem Traum, mit dem einzigen Unterschied, dass sie nicht in der Prärie und nicht allein war, denn vor ihr versuchten zwei schreiende Männer ein panisches und schweißgebadetes Fohlen einen Abhang hinunterzustürzen.

Nebel umwaberte den Abhang und die Äste der kohlrabenschwarzen Bäume, die dort standen, ragten wie dunkle Klauen in den nächtlichen Himmel, als wollten sie die glitzernden Sterne für immer aus dem Firmament reißen.

Gerade, als Kathy hinzueilen und dem kleinen Pferd helfen wollte, erinnerte sie sich daran, was der Hengst gesagt hatte:

Du darfst dem Fohlen nicht helfen!

So sah das Mädchen verbissen und gleichzeitig hilflos zu, wie das Fohlen immer näher zu dem todbringenden Abgrund getrieben wurde. Als das Pony nur noch etwa drei Schritte von der Tiefe entfernt war, hielt es Katharina nicht mehr aus. Sie musste dem armen Pferdchen helfen, egal was der Hengst ihr gesagt hatte!

Wild rufend rannte sie los, um nun endlich einzugreifen, doch da verschwand schon die Szenerie, und das Mädchen wurde wieder auf den Boden der Tatsachen zurückgeholt.

Als Kathy wieder zu sich kam, spürte sie ein weiches Maul im Gesicht und eine sanfte Stimme flüsterte: „Bravo, Kathy! Du hast es geschafft!"

4. Kapitel:

„Was...wie...wo...wo bin ich?", fragte Kathy den Hengst, als sie wieder zu sich kam.
„Ach so, jetzt erinnere ich mich wieder! Du warst doch das sprechende Pferd, das mich einer Probe unterziehen wollte, stimmt's?"
Der Angesprochene nickte zustimmend.
„Warte mal! Als ich wieder zu mir kam, hast du mich mit meinem Namen - ich meine - Spitznamen angeredet, obwohl ich dir meinen Namen gar nicht genannt habe! Und du hast gesagt, dass ich die Probe bestanden habe. Aber ich habe dem Pony doch geholfen!"
Wieder nickte das Pferd und antwortete dann: „Ich denke, ich muss dir erst einmal einiges erklären"
„Ja!", erwiderte Kathy.
„Nun gut. Fangen wir mal mit deiner zweiten Frage an: Die Probe bestand darin, ob du dem Pferd helfen würdest oder nicht. Ich wollte sehen, ob du ein Herz für Tiere hast. Und dadurch, dass du ihm beigestanden hast - oder besser beistehen wolltest - hast du die Probe bestanden."
„Verstehe", antwortete Kathy, „und wenn ich nicht eingegriffen hätte..."
„Hättest du die Probe nicht bestanden und ich hätte gewusst, dass du nicht die Auserwählte bist", unterbrach sie der Hengst.
„Du redest ständig von *Auserwählte,* was meinst du damit!?"
Der Hengst seufzte: „Ich denke, es ist jetzt langsam an der Zeit, mich vorzustellen: Ich bin Kanjak und mit dir

zusammen der Retter und Helfer aller Tiere auf der Welt. Das mag jetzt komisch klingen, aber es ist wahr. Wir beide sind dazu bestimmt, den Tieren zu helfen. Du kannst mit ihnen – also somit auch mit mir - sprechen, das aber nur, wenn ich in der Nähe bin, und zusammen können wir durch eine Art Portal nach überall auf der Welt reisen, um zu helfen. Und: Während wir Tieren helfen, bleibt woanders auf der Welt die Zeit stehen."

*

Kathy blieb der Mund offen stehen und sie stammelte: „Ist das auch wirklich wahr?"
„Ja, es stimmt."
„Kannst du auch mit anderen Menschen reden, wenn du es willst?"
„Ja, kann ich. Ach ja! Noch zwei Dinge: erstens: Du darfst niemandem von mir erzählen! Einerseits, weil dir sowieso keiner glauben wird, und andererseits haben wir auch Feinde. Aber fürchte dich nicht! Du bist hier sicher! Und um noch einmal das Wörtchen *niemand* aufzugreifen: Deiner Freundin Ashley darfst du es erzählen, denn sie wird es nicht weitersagen, wenn du sie darum bittest. Und außerdem muss sie das wissen, weil sie uns später noch einmal helfen muss, und da haben wir keine Zeit für lange Erklärungen.
Zweitens: Ich gebe dir jetzt einen Ring, mit dem du mich immer rufen kannst. Hebe ihn auf, gebe gut darauf Acht und verliere ihn nicht, sonst kann jemand anderes mich auch rufen!"

Kathy sah verdattert auf den wunderschönen silbern und edel glänzenden Ring, der plötzlich in ihrer Hand lag. So etwas Schönes hatte Katharina noch nie zuvor gesehen!
„Gefällt er dir?", fragte Kanjak.
„Ja, er ist wunderschön, aber du hast mir immer noch nicht gesagt, warum du meinen Namen kennst!", antwortete Kathy, noch ganz verwirrt wegen der vielen unglaublichen Informationen, die wie kleine Steinchen auf sie herab prasselten.
Mit einem verschmitzten Lächeln gab der Hengst zurück:
„Ich weiß so einiges, was du nicht gedacht hättest, aber ich muss jetzt gehen, und ich denke, du auch."
Kathy wollte noch einiges erwidern und fragen, doch das Pferd war schon so schnell wie es gekommen war wieder verschwunden und ließ eine verdutzte Kathy zurück. Nach einer Weile rannte das Mädchen gedankenverloren nach Hause.

*

Als Kathy im Bett lag, hatte sie den Ring, den sie sich, um ihn besser tragen zu können, an eine Kette gebunden hatte, immer noch um den Hals. Sie hatte beschlossen, ihn nie mehr abzunehmen. Sie grübelte: Was hat Kanjak damit gemeint:
Wir haben auch Feinde? Nach diesem Gedanken schlief sie mit vielen Fragen auf dem Herzen auch schon todmüde ein.

*

Am nächsten Morgen stand Kathy auf, zog sich an und als sie am Telefontischchen vorbeikam, fiel es ihr wieder ein:
Sie wollte ja Ashley anrufen!
„Katharina! Wo bleibst du denn?", rief ihr Vater Ken vom Frühstückstisch aus.
Es waren Herbstferien, und er hatte zur großen Freude der Familie auch einmal frei bekommen. Dies kam nicht so oft vor, denn Ken war ein angesehener und gefragter Abteilungsleiter der Großfirma, in der er arbeitete.
„Ich komme gleich!", erwiderte Kathy, „ich muss nur noch kurz mit Ashley telefonieren!"
„Meinetwegen", brummelte ihr Vater. Das war sehr großzügig von ihm, denn normalerweise legte er sehr viel Wert auf ein gemeinsames Frühstück.
Ungeduldig wählte Katharina Ashleys Nummer und lauschte dem nervtötenden Tuten, das aus der anderen Leitung kam. Gerade als das Mädchen missmutig auflegen wollte, hob Ashley ab.
„Ashley! Ich bin's, Kathy! Du, ich muss dir etwas ganz Wichtiges erzählen!" Sie lief mit dem schnurlosen Telefon in ein anderes Zimmer, um ungestört reden zu können.
„Okay, schieß los!", antwortete ihre Freundin.
„Gut, aber du musst mir erst versprechen, dass du das, was ich dir jetzt erzähle, für dich behältst!"
„Du weißt, dass du immer auf mich zählen kannst!", kam es aus der anderen Leitung. So fing Kathy an,

ihrer besten Freundin die ganze Geschichte mit Kanjak zu erzählen, und als sie geendet hatte, herrschte, wie Kathy schon erwartet hatte, Schweigen in der Leitung.

„Und?", fragte Kathy ungeduldig, „was hältst du jetzt davon?"

„Oh, entschuldige! Ich habe vergessen, dass du ja gar nicht sehen kannst, wie ich genickt habe!"

„Du glaubst mir also!?", fragte Katharina verdattert. Sie hatte mit allem gerechnet, nur nicht damit, dass Ashley ihr glauben würde!

„Naja, ich gebe zu, so richtig glauben werde ich dir erst, wenn ich diesen sprechenden Hengst mit eigenen Augen gesehen habe. Aber wieso sollte es denn nicht stimmen?"

„Katharina! Wo bleibst du denn?", rief ihr Vater von unten.

„Du, Ashley, ich muss Schluss machen, mein Vater will, dass ich zum Frühstück komme."

„Okay, dann sehen wir uns wie verabredet in zehn Minuten?", fragte Ashley, denn die beiden Mädchen hatten am vergangenen Tag ausgemacht, sich nach dem Frühstück bei Kathy zu treffen.

„Ja, tschüss und bis gleich!"

Mit diesen Worten verabschiedete sie sich von Ashley und eilte schnell ins Esszimmer, wo sie ihren Vater, mit den Fingern auf den Tisch klopfend, vorfand.

„Von wegen kurz!", brummelte dieser vor sich hin.

„Äh...ich muss los! Ich habe mich in zehn Minuten mit Ashley verabredet", rief Kathy und wollte gerade aus dem Haus stürmen, als sie von ihrer Mutter zurückgerufen wurde: „Du bleibst da! Ohne ein ordentliches Frühstück gehst du mir nicht aus dem Haus!"

Schnell aß Kathy ein Schokocroissant und eilte dann endlich aus dem Gebäude.

5. Kapitel:

Kathy wollte gerade zur Koppel rennen, um dort auf Ashley zu warten, als sie ihre Mutter rufen hörte: „Katharina! Es ist ein Brief für dich von einem Mr. Kanjak angekommen!"
Kathys Augen weiteten sich. Was wollte der Hengst von ihr? Mussten sie einem Tier in Not helfen?
„Naja, das werde ich ja gleich herausfinden", dachte Kathy und nahm ihrer Mutter den Brief aus der Hand. Ungeduldig riss sie das Schreiben mit dem Daumen auf.
In dem Brief stand:

Kathy, du musst ganz schnell zu der Stelle kommen, an der du mich zuerst gesehen hast! Und nimm Ashley mit! Es ist etwas sehr Schlimmes passiert, denn...

Mehr stand nicht auf dem Papier.
Fragen über Fragen schwirrten in ihrem Kopf umher: Warum hatte das Pferd nicht weiter geschrieben? Was war geschehen? Und warum sollte Ashley mit? Außerdem, wie konnte ein *Pferd* schreiben?
Okay, bei Letzterem war sich Katharina sicher, dass Kanjak dieses Geheimnis immer für sich behalten würde, so sehr sie ihn auch bitten würde, es ihr zu erzählen.
Das Mädchen wurde von einer wohl bekannten Stimme aus ihren Gedanken gerissen:

„Kathy, wo bist du?"
Ashley! Katharina stürmte ihrer Freundin entgegen und überschüttete sie mit einem undeutlichen Redeschwall:
„Kanjak... wir müssen in den Wald... Hilfe..."
„Hey, mal langsam mit den jungen Pferden! Und jetzt erzählst du mir alles noch einmal ganz von Vorne und der Reihe nach!", befahl Ashley.
Die Angesprochene tat wie ihr geheißen und als sie geendet hatte, rief Ashley, von der Quirligkeit ihrer Freundin angesteckt:
„Los, wir haben keine Zeit zu verlieren!"

*

Die Beiden stürmten so schnell sie konnten in den Wald und im Vorbeirennen rief Kathy Amy noch schnell zu: „Wir spielen im Wald!"
Dort angekommen, sah sich Kathy um: Wieder ging etwas Bedrohliches von ihm aus...
Als die beiden die Stelle fast erreicht hatten, packte Ashley die Andere am Arm und flüsterte:
„Pssst! Ich glaube, ich habe etwas gehört!"
Kathy lauschte in den Wald, doch sie vernahm keinen Mucks.
„Ich höre nichts!", entgegnete sie, aus Vorsicht trotzdem flüsternd.
„Höre noch einmal genauer hin!", wies ihre Freundin sie an. Und diesmal vernahm das Mädchen etwas, nur es konnte nicht genau sagen, was es war.
„Komm!", wisperte Ashley.

Die Kinder huschten lautlos wie Gespenster durch den Wald und kamen schließlich an ihrem Ziel an.
Das, was sie dort erwartete, raubte ihnen den Atem: Zwei Männer versuchten Kanjak in einen riesigen Pferdetransporter zu verladen. Dieser aber rammte seine Hufe in den weichen Waldboden und sah sich immer wieder suchend um. Plötzlich hatte er die Kinder entdeckt und Kathy vernahm eine Stimme in ihrem Kopf: *Endlich, ihr seid da!*
Katharinas Freundin hatte den Hengst anscheinend auch verstehen können, denn sie starrte erst Kathy und dann das Pferd entgeistert an.
Dann geschah etwas Unerwartetes: Das Pferd ließ sich verladen!
„Das wurde ja auch Zeit!", schimpfte einer der Männer und schlug die Klappe des Hängers zu. Er stieg zu dem anderen in den dreckigen Pick-up, der den Hänger zog, und fuhr an.
Kathy fackelte nicht lange, rannte hinter dem noch langsamen Wagen her, sprang ab und hielt sich an der Klappe des Hängers fest. Kurze Zeit später landete auch ihre Freundin mit einem leisen ′Ploing′ an der Hängerklappe. Mit vereinten Kräften zogen sich die beiden ins Innere und landeten direkt vor Kanjaks Hufen.

*

„Mannomann, könnt ihr nicht leiser in den Hänger klettern? Ihr weckt ja den ganzen Wald auf!", empfing Kanjak sie gespielt verärgert.

„D... du... k... k kannst ja wirklich sprechen!", stotterte Ashley.
„Ja, aber das hat dir ja Kathy schon erzählt, und wenn du dich jetzt fragst, woher ich das weiß, lautet meine Antwort: Ich weiß so einiges. Nicht wahr Kathy?"
„Ja!", grinste Katharina und schlang die Arme um den Hals ihres neuen Freundes.
„So, wenn das mit dem Sprechen jetzt geklärt ist, können wir ja nun überlegen, wie wir da wieder rauskommen", meinte Kathy. Die Mädchen hatten vor Aufregung ganz vergessen, den Hengst zu fragen, wie er überhaupt in diesen Schlamassel gekommen war, und das Tier machte auch keine Anstalten, es ihnen zu erzählen.
„Ich denke, wir müssen warten, bis sie den Wagen anhalten", antwortete Ashley, die inzwischen ihre Stimme wieder gefunden hatte. Katharina sah sich in dem riesigen Wagen um: Es gab mehrere Boxen, in denen man sich leicht verstecken konnte, und in genau so einer Box stand der Hengst. Plötzlich hatte sie einen Geistesblitz.

6. Kapitel:

„Ich hab´s!", rief Kathy, „wir warten einfach, bis sie dich ausladen, Kanjak. Und währenddessen verstecken wir uns in einer dieser Boxen, die es hier gibt. Wenn er im Freien, und der Hänger wieder zu ist, warten wir beide, Ashley, bis die Männer Kanjak weggeführt haben und schleichen ihnen dann hinterher!"
„Guter Plan", erwiderte Ashley, „und dann?"
„Darüber habe ich eigentlich noch nicht nachgedacht, aber ich denke, das ergibt sich, wenn wir ausgestiegen sind. Ach ja, wer sind diese Männer eigentlich, Kanjak?"
„Unsere Feinde", beantwortete das Pferd die Frage.
„*Unsere Feinde*?", fragte Ashley mit Sorgenfalten auf der Stirn.
„Das habe ich dir doch erklärt!", meinte Kathy.
„Stimmt, ihr seid ja die Helfer der Tiere! Jetzt erinnere ich mich wieder!"
Mit einem Ruck hielt das Gefährt an, und Kathy flüsterte ihrer Freundin zu:
„Schnell, wir müssen uns verstecken!"
Als dies getan war, kamen auch schon die Männer in den Hänger, und die Kinder beobachteten mit klopfenden Herzen, wie sie den Hengst nach draußen führten und den Hänger zuschlugen.

*

Gebannt lauschten die Mädchen, wie sich die Männer mit Kanjak entfernten und ihre Schritte immer leiser wurden.

„Ob wir es jetzt wagen sollen?", wisperte Ashley in der Box neben ihr.

Die Drei hatten zuvor beschlossen, dass die Mädchen sich in verschiedenen Ständern verstecken sollten, sodass im Fall einer Entdeckung die andere noch fliehen konnte.

„Was wagen? Wir haben doch gar keinen Plan! Aber ich würde sagen, dass wir ihnen erst einmal folgen sollten!", entgegnete Kathy.

„Also los! Wir haben keine Zeit zu verlieren!", kam es von der Freundin.

7. Kapitel:

Auf leisen Sohlen schlichen die Freundinnen zur Hängertür und schoben sie mit vereinten Kräften, aber trotzdem so leise wie möglich, auf. Draußen angekommen, schlug ihnen die kühle Nachtluft entgegen, denn es war schon dunkel geworden.
„Oh, Mann!", stöhnte Kathy, „mir ist gar nicht aufgefallen, dass wir so lange gefahren sind!"
„Nein!", ließ Ashley einen unterdrückten Schrei los und unterbrach dadurch die Freundin, „sie schließen das Tor!"
Katharina sah sich verwundert um, welches Tor ihre Freundin gemeint haben konnte. Und dann sah sie es: Sie befanden sich vor einer Art Industriekomplex, das von einer riesigen Mauer umgeben war, und dessen einziger Eingang eben genau dieses Tor war, durch das die Entführer nun mit Kanjak gingen!
Die beiden rannten los, aber der Eingang war schon wieder zu.
„Hey, mir ist aufgefallen, dass dieses Tor sich anscheinend mit einer elektronischen Karte öffnen lässt!", flüsterte Ashley.
„Wie kommst du denn da drauf?!", fragte Katharina.
Die Kinder waren inzwischen an der Mauer angekommen.
„Mensch, schau dir doch mal die roten Lichter am Eingang an! Als sich die Männer mit unserem Freund diesem näherten, sprangen die Lichter auf Grün!"
„Ach so, aber wie kommen wir da jetzt rein?"
„Mannomann! Du stehst heute echt auf der Leitung!

Klettern natürlich!"
Bevor Kathy irgendetwas erwidern konnte, kletterte Ashley schon an dem Maschendrahtzaun, der die Mauer auch noch umgab, empor. Jetzt, aus der Nähe, konnte Kathy ihn auch erkennen. Er wand sich wie eine Schlange mit circa einem Meter Abstand an der Mauer empor und war ganz oben nach innen geknickt, sodass man bequem auf die Mauer springen konnte.
„Was ist jetzt mit dir, willst du da unten versauern, oder was?", kam es von oben.
„Ja, ja! Ich komme ja schon!", rief Kathy und kletterte zu ihrer Freundin.
Dort angekommen sprangen sie leichtfüßig wie Rehe auf die Mauer und duckten sich, um die vorbeilaufenden Entführer zu belauschen.

*

„Und, was machen wir jetzt mit ihm, Will?", fragte der groß gewachsene Blonde den braunhaarigen und etwas kleineren anderen Mann.
„Ich habe dir doch schon tausendmal gesagt, dass wir uns während der Entführung nicht mit dem Namen ansprechen, du Dussel! Der Hengst ist schlau!", schrie dieser ihn an, „und außerdem habe ich dir auch schon oft genug gesagt, dass wir seine Gabe wollen!"
„Weil er uns die ja auch geben wird! Wenn er überhaupt mit uns spricht!", konterte der Kleinere ungerührt.
„Vertraue mir! Ich habe da so meine Mittel", meinte der Große mit einem gefährlichen Grinsen. Dann gin-

gen die Männer mit Kanjak durch ein weiteres Tor, und sie waren nicht mehr zu hören.

*

Kathy wurde leichenblass.
Was hatte der Braunhaarige damit gemeint *„Er habe da so seine Mittel, Kanjak zum Geben zu bringen?"*
„Hey, nicht träumen! Hinterher!", riss ihre Freundin sie wie sooft aus ihren Gedanken, und wollte gerade die Mauer hinunterspringen, als sie von Kathy im letzten Augenblick am Arm gepackt wurde.
„Achtung!", schrie Kathy, „schau doch mal, wie tief das ist!"
Vorsichtig lugte die Freundin hinunter und sah sofort wieder nach oben.
„D… danke!", stammelte Ashley, „aber wie kommen wir dann da runter?"
„Erstens: gern geschehen, und zweitens: Noch nichts von Kränen gehört, die man als Seilbahn benutzen kann?"
Mit diesen Worten hängte sich Katharina mutig an einen Metallhaken einer der Kräne, mit denen früher irgendwelche schweren Dinge transportiert wurden und die im Industriegebäude an dicken Seilen hingen, und sauste in die Tiefe. Kurz vor dem Boden ließ sie los, landete geschmeidig wie eine Katze in der Hocke und fing sich mit beiden Händen ab. Mit einem zufriedenen Lächeln rief das Mädchen zu der sich schon ängstlich vor einem anderen Haken positionierten Ashley hinauf:

„Komm! Es ist gar nicht so schwierig, wie es aussieht! Der Kran schwingt ganz langsam!"
„Das ist es ja gerade!", kam es wiederum von oben, „wenn ich nun keine Kraft mehr habe und zu früh loslasse?"
„Na hör mal! Willst du Kanjak nun helfen, oder nicht?"
Da stieß sich ihre Freundin todesmutig ab und landete endlich auch sicher auf dem Boden.
„Na siehst du! War doch gar nicht so schlimm", grinste Kathy.
„Ja, ja! Lach mich nur aus! Aber hat sich Fräulein Blitzmerker auch schon ausgedacht, wie wir durch dieses Tor kommen? Klettern können wir nämlich nicht mehr!"
„Mmh, vielleicht..."
„...könnten wir durch dieses kaputte Rohr auf die andere Seite gelangen! Soweit ich das einschätzen kann sind das alte Abwasserrohre, die immer auf eine andere Seite einer dieser riesigen Mauern führen!", vollendete Ashley den Satz.
„Sag nicht, ich habe richtig gehört und du hast *Abwasserrohre* gesagt!"
„Na hör mal, willst du nun Kanjak helfen oder nicht?", äffte Ashley sie nach.
„Okay, okay! Du hast gewonnen! Auf geht's"

*

„Komm jetzt, du blöder Gaul!", schrie Will den armen Kanjak an und zog kräftig an dem Seil, an dem das Tier festgemacht war, „du gehst durch dieses Tor, ob

es dir passt oder nicht!"
Die kleine Gruppe befand sich vor einem weiteren Tor, und das Pferd versuchte Zeit zu schinden, damit Kathy und Ashley aufholen und ihn befreien konnten. Der Hengst hatte sie seit der Trennung im Hänger nicht mehr zu Gesicht bekommen und machte sich schreckliche Sorgen um die beiden Kinder.
Was, wenn die beiden Männer noch Komplizen hatten? Nein, soweit durfte der Hengst gar nicht denken! Die Kinder würden ihn befreien!
Aber die Männer hatten andere, schreckliche Pläne...

*

Schon als sich Kathy und Ashley den Rohren näherten, stieg Katharina der mehr als unangenehme Geruch des Abwassers in die Nase.
„Gibt es denn keine andere Möglichkeit, auf die andere Seite zu gelangen?", fragte sie, doch als das Mädchen den mahnenden Blick Ashleys sah, murmelte es beschwichtigend: „Ja, ja, ist schon gut! Ich habe gar nichts gesagt!" An ihrem Ziel angekommen, krempelten die beiden ihre Hosen hoch und stapften dann durch die Öffnung eines Rohrs, immer der Nase nach, geradeaus.

*

„Also, jetzt reißt mir aber der Geduldsfaden!", schrie der vor Wut puterrote Will.
„Rob, gib mir die Peitsche!" Kanjak grinste innerlich: Jetzt wusste er auch den Namen des anderen! Doch als er sah, dass Rob wirklich das Gewünschte reichte, grinste das Pferd nicht mehr, sondern ging schleunigst durch das Tor.
„Na also! Warum denn nicht gleich!", meinte Will jetzt schon etwas ruhiger und mit einem zufriedenen Lächeln auf den Lippen, „nächstes Mal wedele ich dir gleich mit der Peitsche vor der Nase herum, dann bleibt mir diese ganze Aufregung erspart!
„Oh, nein!", dachte Kanjak bedrückt. Er würde gerne mit Kathy reden, doch er durfte sie nicht gefährden, indem er per Gedankenübertragung mit ihr sprach. Das Tier würde sich seinem Schicksal ergeben müssen. Wenn er doch nur wüsste, was die Entführer mit ihm vorhatten!

*

Die Mädchen stapften hintereinander durch den schmalen Kanal und Katharina raunte der voraus laufenden Ashley zu: „Kannst du schon den Ausgang sehen?"
Doch anstatt zu antworten, blieb die Freundin so abrupt stehen, dass Kathy gegen sie stieß.
„Was ist denn los! Du lernst es nie! Ich habe dir doch schon tausendmal gesagt, dass…"
„Pst!", machte Ash und unterbrach somit die andere, „da vorne sind Wachhunde!

„Na toll! Jetzt müssen wir an denen vorbei zu dem nächsten Tor dort drüben schleichen!", ärgerte sich Katharina, die schon an Ashley vorbeigelugt und den nächsten Durchgang entdeckt hatte.
„Und ich habe gedacht, es kämen keine Tore mehr! Na ja, wenigstens schlafen die Hunde!"
„Toll! Weißt du, was für ein gutes Gehör Hunde haben!? Und das sind auch noch Dobermänner, die Hunde, die als besonders gefährlich und angriffslustig gelten!"
„Wir werden es schon schaffen", verteidigte sich Ashley.
„Na, dein Wort in Gottes Ohr!", murmelte Kathy und machte sich dann auf den Weg zum Tor.

*

„Will, was machen wir jetzt weiter mit dem Pferd?", fragte Rob.
„Das habe ich dir doch schon gesagt!", blaffte der Gefragte.
„Ja, und! Ich hab´s halt wieder vergessen!"
„Also, dann meinetwegen noch einmal von vorne: Wir werden diesen bescheuerten Gaul zwingen, uns seine Kräfte zu überlassen", erklärte Will.
„Toll, und womit willst du das Pferd dazu bringen? Du sagtest ja selbst, dass er sehr intelligent ist!"
„Das wirst du schon noch sehen…", antwortete Will wieder mit einem nichts Gutes verheißenden Grinsen.

8. Kapitel:

Kanjak, der immer noch von den Männern geführt wurde, fragte sich, ob er sich freuen oder weinen sollte, denn er hatte das Gespräch der Tierquäler stückchenweise mitangehört, und war nicht gerade erfreut darüber.
„Box" und „Gabe" hatte er verstanden, leider nicht mehr, denn Will und Rob hatten geflüstert.
„Ich werde ihnen meine Kräfte niemals überlassen!", dachte er verbittert.
Das Pferd wusste nun auch, dass die Männer ihn nicht aus Zufall oder als „normale" Pferdediebe entführt hatten. Nein, die beiden waren zwei der vielen Feinde, die er und Kathy hatten, und das Schlimmste war: Sie kannten seine Gabe! Kanjak besaß nämlich nicht nur das Können, mit anderen Tieren und Menschen zu kommunizieren oder ein Portal zu erschaffen, sondern auch Tiere bis zu einem bestimmten Grad zu heilen.
Wenn man Tiere heilen konnte, konnte man als Mensch sehr viele Millionen verdienen. Und genau das wollten die Feinde von Kanjak und Kathy. Fast allen Menschen war der Hengst, also auch seine Gabe, unbekannt, doch eine Handvoll von ihnen wussten von ihm, und konnten ihn sofort erkennen, wenn er vor ihnen stand.
So war es auch Rob und Will ergangen. Das Pferd hatte einen seiner täglichen Spaziergänge durch den Wald gemacht, bei denen er nach verletzten Tieren Ausschau hielt. Dabei waren die Männer in einem Hänger vorbeigefahren, hatten ihn entdeckt, mit gro-

ben Mitteln in den Hänger bugsiert und abtransportiert. Ja, und jetzt lief er einsam und mit hängenden Schultern neben den grausamen Männern her, hatte keine Ahnung wie es den Kindern ging und wusste nicht, ob er aus dem Schlamassel wieder heil herauskommen würde...

*

„Stopp! Bist du verrückt!?", rief Ashley, so laut es möglich war, wütend, „du kannst doch nicht einfach drauflos schleichen, ohne dir die Umgebung näher anzusehen!
Vielleicht sind hier ja irgendwelche Stolpersteine!"
Verdutzt starrte Kathy die Freundin an, fügte sich dann aber und legte den Rückwärtsgang ein.
„Tut mir Leid, aber ich bin viel zu aufgeregt, um einen klaren Gedanken zu fassen", meinte Kathy verzweifelt.
„Na, für das Denken hast du ja zum Glück mich!", grinste Ash.
„Du bist gemein!", maulte Kathy und sah sich dann um, doch da es Nacht war, konnte sie nicht so viel erkennen.
In einer Ecke lag ein riesiger Müllberg, und in der gegenüberliegenden Ecke schliefen die Hunde. Als Kathys Blick von den schlafenden Tieren aus ein Stück nach rechts wanderte, fluchte sie: „Mensch, müssen die aber auch *direkt* neben dem Tor schlafen!"
Ihr Blick wanderte weiter und blieb an einigen großen Kisten in der vierten Ecke des Raumes hängen.
„Wir könnten doch am Müllberg vorbei zu diesen Kis-

ten schleichen und dann..."
„... auf ihnen auf die andere Torseite gelangen!", vervollständigte Ashley Kathys Satz, „wir wären dann auch nicht zu nahe an den Hunden!
Kathys Augen blitzten nur so vor Tatendrang, als sie rief: „Na dann los!"

*

Wolken schoben sich gerade vor den Mond, als der Hengst und die beiden Männer an einem düsteren Gebäude ankamen. Natürlich war auch dieses mit einem elektronischen Tor verschlossen, und als das kleine Grüppchen sich ihm näherte, ertönte das für Kanjak fast schon vertraute Rattern des sich öffnenden Tores.
Eigentlich war es dem Pferd gerade recht, endlich in ein Gebäude gehen zu dürfen, denn es war draußen sehr kalt geworden und außerdem ängstigten ihn die vielen Kräne, Rohre, Kisten und alle anderen Gerätschaften des Komplexes und ließen ein sehr komisches, unbeschreibliches Gefühl in ihm aufflackern.
Seltsamerweise kam ihm dieses schon sehr vertraut vor. Fast ein bisschen *zu* sehr... Er dachte an die vielen Stunden und Minuten, in denen er *es* gehabt hatte.
Es war immer gekommen, wenn er Tieren helfen wollte und somit manchmal auch selbst in Gefahr war.
Dies war das Gefühl der Leere in ihm; als würde er zu nichts gehören. Und dank dieses Gefühls hatte er auch Kathy gefunden und sofort gewusst, dass sie die Auserwählte war, von der sein Großvater immer gesprochen hatte, bevor er starb und somit die Gabe auf Kan-

jak übertragen hatte. Denn als das Pferd ihr begegnet war, überkam es das Gefühl, *wirklich* zu leben und Gutes zu tun; es fühlte sich mit ihr verbunden, wie man es mit Freunden tut, die man schon seit der Kinderzeit kennt.
Als Kanjak an seine neue Freundin dachte, wurde es ihm warm ums Herz. Das würde bestimmt eine immerwährende Freundschaft werden!
Der Hengst machte einen Satz zurück, als seine Hufe plötzlich einen anderen Boden spürten. Er war so in Gedanken gewesen, dass er gar nicht gemerkt hatte, dass sie das dunkle Gebäude betraten.
Sie liefen eine Art Flur entlang und wie auf ein geheimes Signal hin sprangen die Lichter, die sich wie starrende Augen an der Decke befanden, an und Kanjak musste erst einmal blinzeln, um sich an das grelle Licht zu gewöhnen.
Dann sah er sich staunend um: So etwas hatte er noch nie gesehen! Sie waren durch den Flur geeilt und nun in einer riesigen Fabrikhalle mit vielen Maschinen, Lichtern und natürlich Kränen angekommen. Doch was Kanjak sofort ins Auge stach, war eine mittelgroße, hölzerne Box, die am Ende des Raumes stand.
Und auf genau diese Box steuerten die Männer zu. Was hatten sie bloß vor?
Kanjak seufzte. Bald würde er es erfahren, und er wusste nicht, ob es sich darüber freuen, oder sich doch lieber davor fürchten sollte…

9. Kapitel:

Rob grinste vor Stolz bis über beide Ohren. Er hatte gerade Will seinen Plan verraten, mit dem man vielleicht das Pferd bestechen konnte, ihnen seine Gabe zu übergeben, und Will war begeistert gewesen!
„Du, Will", hatte er gefragt, „wir könnten dem Pferd doch erzählen, wir hätten dieses Mädchen gefangen und ihm drohen, ihm etwas anzutun, wenn er seine Gabe nicht hergibt. Das stimmt zwar nicht, aber es wirkt bestimmt!"
„Das ist eine tolle Idee! Wir werden sie gleich ausführen, doch zuvor sperren wir dieses Biest in den Käfig, damit es uns keine Schwierigkeiten macht", hatte Will geantwortet und ihm lobend auf die Schulter geklopft.
Eigentlich hätte Kanjak den Plan hören müssen, aber er war ja in Gedanken gewesen…

*

Die Mädchen schlichen geduckt und äußerst vorsichtig durch die Dunkelheit, immer ein Auge auf die Hunde werfend. Einmal wäre Kathy, die voranlief, beinahe an eine Kiste gestoßen, aber Ashley konnte sie gerade noch rechtzeitig warnen und am Arm packen.
Jetzt waren die Kinder am Abfallhaufen angelangt und Kathys Nackenhaare stellten sich auf. Hier begann der schwierigste Teil ihres Weges. Überall waren Stolper-

steine, die lärmend umkippen und die Hunde aufwecken konnten.
Kathy kniff die Augen zusammen, um besser sehen zu können. Ihr Herz machte einen Sprung, als einer der Hunde winselte. Kathys Kopf schnellte herum, aber zum Glück hatte sich der Vierbeiner nur einmal auf die andere Seite gewälzt.
Ein leises Stöhnen entwich Katharinas Lippen und sie machte sich wieder daran, voranzuschleichen. Das Mädchen wurde wie von unsichtbaren Fäden vorwärts gezogen, denn ihre Beine setzten sich wie von selbst in Bewegung. Die beiden hatten schon drei Viertel ihres Weges zurückgelegt, als Kathy plötzlich gegen einen leeren Farbeimer stieß, der neben dem großen Müllberg lag. Dieser fiel laut scheppernd zu Boden.
„Jetzt ist alles aus!", dachte Kathy, und hinter ihr war leises Knurren zu hören.

*

Kanjak kam nun dem Angst einflößenden, hölzernen Ding immer näher und langsam dämmerte es ihm, was die Entführer mit ihm vorhatten: Sie wollten ihn einsperren! Nein, das würde Kanjak beim besten Willen nicht mit sich geschehen lassen!
Wütend stemmte er die Hufe in den Boden, doch diesmal fackelte Will nicht lange und gab dem Hengst einen kräftigen Hieb mit der Peitsche.
Heißer Schmerz durchzuckte das Tier.
Wie konnte man Tiere nur so quälen!?
Da bemerkte er, dass er vor Schreck einen Satz nach

vorne gemacht hatte und somit in der Box gelandet war.
Eilig schlug Rob die Tür zu und hängte ein schweres, eisernes Schloss an die Tür. Verzweifelt wieherte das Pferd. Es war gefangen!
„Ja, ja! Schrei nur! Dich hört ja doch keiner!"
Will hatte ihm diese Worte förmlich ins Gesicht gespuckt und das Tier schüttelte unwillig den Kopf.
„Du wirst schon sehen! Du wirst uns deine Gabe schenken, ob du willst oder nicht!"
Traurig drehte Kanjak den Männern sein Hinterteil zu.
Na, das konnte ja heiter werden! Wo waren bloß die Mädchen?

*

Ruckartig drehten sich Katharina und Ashley um und starrten die beiden Hunde an, die sich in diesem Moment aufgerappelt hatten und knurrend, langsam auf sie zu geschlichen kamen.
Erst waren Ashleys Gedanken wie gelähmt, doch dann fingen sie an zu rasen. Was konnten sie tun, um den Hunden zu entgehen? Wegrennen? Nein, die Hunde wären schneller und würden dann erst recht angreifen. Dies alles ging Ash in Sekundenschnelle durch den Kopf. Dann fiel es ihr wie Schuppen von den Augen: Kathy!
„Kathy, schnell! Du musst versuchen, mit ihnen zu reden!"
Gleich wollte Kathy widersprechen, sie könne das doch nur, wenn Kanjak in der Nähe war, doch dann

überlegte sie es sich anders.
Was hatten sie auch für Chancen? Es *musste* einfach klappen! Dann wandte sie sich an die Tiere:
Hey, g... ganz r... ruhig! W...wir tun euch nichts!
Die Vierbeiner waren den Kindern schon so nahe gekommen, dass Kathy fürchtete, einen der beiden gleich an der Gurgel zu spüren. Sekunden waren verstrichen wie Stunden, als Katharina, die bis jetzt betend in den sternenklaren Nachthimmel gestarrt hatte, ihren Blick wieder auf die Hunde richtete.
Und das nicht früh genug! Denn sie schaffte es gerade noch, den verdutzten Blick der Hunde zu sehen, bevor sich dieser wieder in das böse Funkeln verwandelte und die Hunde nun wieder auf sie zu liefen.

Aber sie liefen nur zögerlich. Hatten sie richtig gehört? Hatte das blonde Mädchen wirklich mit ihnen gesprochen?

Kathy schöpfte durch das Zögern der Hunde neuen Mut und probierte es noch einmal:
„Bitte tut uns nichts! Wir wollen euch wirklich nichts Böses! Wir sind nur hier, um unseren Freund zu retten!"

Diesmal hatten die Hunde es deutlich gehört: Das Mädchen hatte gesprochen!
Verdutzt setzten sie sich.

„Du hast es geschafft!", wisperte Ashley gerührt.

Und wirklich: Gebannt sah Kathy, dass die Tiere sich niederließen. Jetzt nur nicht aufgeben! Immer weiter reden!

"Danke! Vielen, vielen Dank, dass ihr uns vorerst nichts tut! Ihr wundert euch wahrscheinlich, warum ich mit euch sprechen kann, aber vielleicht wisst ihr, dass es einen Helfer und Retter der Tiere gibt. Und dies ist mein Freund Kanjak, den wir heute von den Entführern befreien müssen, und ich und..."

Kathy hörte auf zu sprechen, denn plötzlich warfen sich die Hunde auf den Boden und drehten ihr ihre empfindlichste Stelle, die Pulsschlagader am Hals, zu.

Verdattert starrte Katharina auf die Szenerie. Sah sie richtig? Unterwarfen sich die Hunde vor ihr? Aber warum?

Plötzlich wusste sie weshalb: Sie war ja die Auserwählte, und die Tiere hatten Angst vor ihr, und dachten sie müssten sie verehren!

"Aber, nein! Steht auf! Ihr müsst das nicht tun!"

Gehorsam erhoben sich die angesprochenen Tiere, doch sie hielten immer noch ihre Köpfe gesenkt.

"Es tut uns leid... wir wussten ja nicht...", stammelte einer der Hunde.

"Ist schon in Ordnung. Ihr habt ja nur euren Job gemacht!", beruhigte sie Kathy und fügte dann noch verschmitzt dazu, *"und das ziemlich gut!"*

Langsam tauten die Tiere auf und lächelten mit.

"Wenn du wirklich die Retterin der Tiere bist, könntest du uns dann vielleicht diese verdammten Ketten von den Pfoten nehmen?", bat der braune Hund vor Schmerz aufjaulend.

Erst jetzt erkannten die Mädchen die schweren Eisenteile, die den armen Tieren tief ins vereiterte Fleisch schnitten.

„Natürlich! Zeigt mal eure Pfoten!", meinte Kathy, die inzwischen wieder normal sprach, sodass auch Ashley sie verstehen konnte, und sie nicht immer übersetzen musste.
Die Geschundenen taten wie ihnen geheißen, und die Kinder machten sich schnell daran, die Tiere von den Eisenketten zu befreien. Sie öffneten die Ringe, mit der die Kette an den Hunden festgemacht war.
Erleichtert schüttelten die Vierbeiner die Tatzen, die sie zum ersten Mal seit langem wieder spürten.
„Oh, danke! Jetzt tun sie nicht mehr so weh!", bedankten sich die Hunde.
„Könnt ihr uns als Gegenleistung dafür ein paar Fragen beantworten?", wollte Kathy wissen.
Die Hunde nickten.
„Gut. Erstens: Wie heißt ihr? Also, ich bin Kathy und das ist meine beste Freundin Ashley. Zweitens: Habt ihr zwei Männer mit einem schwarzen Pferd, das ist übrigens Kanjak, vorbeilaufen sehen?"
„Also, ich bin Jenjo und das ist...", stellte sich der braune Dobermann vor, *„Filou",* vollendete der schwarze Filou den Satz Jenjos.
„Ach ja! Ja, hier sind zwei Männer - oder sollte ich lieber sagen: unsere Quäler - vorbeigelaufen, und zwar in diese Richtung!"
Jenjo wies mit der Schnauze zum Tor hin, zu dem die Kinder sowieso wollten.
„Okay, danke ihr zwei! Wir müssen leider weiter, unseren Freund retten. Vielleicht sehen wir uns ja mal wieder!", Kathy umarmte Jenjo und Filou und wollte schon gehen, doch da rief sie Filou noch einmal zurück:
„Halt, wartet! Ich glaube, wir können euch noch einmal helfen!"

Der Hund rannte aufgeregt zum Müllhaufen und grub eifrig mit der Schnauze darin herum.
Plötzlich stieß er ein zufriedenes Bellen aus und kam schließlich mit einer Art Karte im Maul zurück zu den anderen.
Ashley, die sofort erkannt hatte, was für eine Karte es war, rief freudig aus: „Toll, eine elektronische Karte!"
„Eine elektronische Karte? Oh, wir danken euch vielmals, ihr Lieben! Das erleichtert unsere Suche nach Kanjak enorm! Jetzt können wir genauso wie die Männer durch die Tore gelangen und müssen nicht immer einen Weg finden, sie zu umgehen!", rief Kathy freudestrahlend aus und umarmte die Tiere nochmals.
Sie konnte es nicht fassen, dass sie heute so viel Glück hatten!
„Sie ist schon etwas älter, ich hoffe sie funktioniert noch!", meinte Jenjo die Stirn runzelnd.
„Das werden wir gleich sehen!", murmelte Katharina und steckte sich die Karte in die Hosentasche.
Entschlossen ging das Mädchen auf das Tor zu... und wirklich: Mit einem leisen Rattern öffnete sich der Eingang!
„Oh, ich kann euch gar nicht sagen, wie dankbar wir euch sind, und...", rief Kathy, die ganz aus dem Häuschen war, den Hunden zu.
„Keine Ursache!", entgegneten die Tiere, *„aber geht jetzt! Sonst ist es vielleicht zu spät, um eurem Freund zu helfen!"*
Bei diesen Worten lief Kathy ein Schauer über den Rücken.
Was, wenn sie wirklich zu spät kamen, um Kanjak zu helfen? Nein, daran wollte sie gar nicht denken.
Um auf andere Gedanken zu kommen, verabschiedete sie sich nun endgültig von ihren neuen Freunden und

eilte dann mit Ashley durch das Tor, das sich kurze Zeit später wieder hinter den beiden Kindern schloss. Die Hunde sahen ihnen noch lange wehmütig nach.

Auf der anderen Seite des Tors stöhnte Ashley: „Das war ein Erlebnis!"
„Das kannst du laut sagen!", erwiderte Katharina, deren Herz noch immer vor Aufregung wild klopfte.
Dass die Hunde auf sie gehört hatten, war riesiges Glück gewesen.
Nein, es war Kanjak.
Kanjak?! Das hatte Kathy ja glatt vergessen! Der Hengst musste irgendwo in der Nähe sein, wenn sie sich mit den Hunden verständigen konnte!
Aufgeregt teilte sie Ashley ihre Erkenntnis mit.
„Und ich hatte schon gedacht, wir würden Kanjak nie mehr wieder sehen!"
„Ich habe auch schon an einem Wiedersehen gezweifelt, aber lass uns jetzt schnell weitergehen, damit wir Rob und seinen Komplizen einholen!", antwortete Kathy. Danach setzten sich die Freundinnen eilig in Bewegung.

10. Kapitel:

Ja! Jetzt war es bald so weit! Bald würden sie die Gabe dieses eingebildeten Hengstes, der wirklich glaubte, Tiere heilen zu müssen, in der Tasche haben - oder besser gesagt - sie würden sie besitzen!
Bei diesem Gedanken wurde Will ganz warm ums Herz. Endlich würde er ein Haus im Süden erwerben können. Ja, eine Villa würde er sich mit dem Geld, das er als erfolgreicher Tierarzt verdienen würde, kaufen. Er müsste nicht mehr in der heruntergefallenen Bruchbude von Wohnung, die er sich gerade noch so leisten konnte, leben. Das waren schöne Träume! Doch um diese wahr werden zu lassen, musste er erst einmal dem Pferd klar machen, dass er und Rob das Mädchen gefangen hielten und ihm etwas antun würden, wenn das Pferd ihnen sein Können nicht zu übergeben gewillt war.

*

Entschlossen schritten Will und Rob auf Kanjak zu. Dem Pferd schwante nichts Gutes. Aber etwas Positives hatte die Sache trotzdem: Jetzt würde es endlich erfahren, was die Männer mit ihm vorhatten.
„Na, Pferdchen?", fragte Will hämisch, „wirst du uns jetzt deine Gabe geben?"
„Ich werde euch meine Gabe niemals, hört ihr, *niemals*

geben!", schrie Kanjak außer sich vor Wut.
„Na, siehst du! Geht doch! Jetzt sprichst du schon mal mit uns", sagte Will ruhig. Etwas *zu* ruhig für Kanjaks Geschmack...
„Ach, ja? Und was willst du dagegen machen? Wir wissen nämlich etwas, was du nicht weißt!", erklärte Rob.
„Ach, wirklich? Und was sollte das sein?", konterte das Pferd.
„Wir haben deine Freundin gefangen!", sprudelte es aus Will heraus.
Kanjak glaubte, es würde ihm das Blut in den Adern gefrieren, als er das hörte. Die Männer hatten Kathy? Nein, das durfte nicht sein!
Wie die Flamme einer ausgehenden Kerze erlosch auch Kanjaks Hoffnung. Die Mädchen waren der einzige Lichtblick gewesen. Wie sollte er nur wieder hier herauskommen? Aber halt! Die Männer hatten nichts von Ashley gesagt! Vielleicht konnte er Bedenkzeit fordern, um Ashley, falls sie nicht auch gefangen war, Zeit zu geben, ihn und Kathy zu befreien! Das Pferd wusste, dass seine einzige Hoffnung nun auf Ashley ruhte...

*

„Ja, du blöder Gaul! Du brauchst uns gar nicht so dumm anzuglotzen! Wir haben deine Freundin gefangen, und wenn du uns nicht deine Gabe überlässt, dann...", schrie Will.
„... werden wir dem Kind sehr weh tun!", vervollständigte der andere Mann den Satz.

Nein, das durfte nicht sein! Der Hengst konnte und wollte nicht glauben, was er da gerade gehört hatte!
Obwohl das Tier wusste, was es tun würde, forderte es: „Bevor ich euch meine Gabe überlasse, brauche ich dreißig Minuten Bedenkzeit!"
Das ging Will zu weit! Dreißig Minuten waren entschieden zu viel. Wie leicht konnte etwas in so langer Zeit schief gehen!
„Dreißig Minuten? Sind wir hier auf einem Wunschkonzert, oder was? Zehn Minuten!"
Doch Kanjak konnte zehn Minuten nicht annehmen! Wenn Ashley wirklich nicht gefangen sein sollte, brauchte sie *mindestens* zwanzig Minuten, um ihn oder Kathy zu finden!
Wenn das Mädchen ihn überhaupt fand!
Denn nach der Trennung im Hänger hatte Kanjak zwar die Augen und Ohren offen gehalten, doch er hatte die Kinder nirgends entdecken können. Er hatte auch bei jedem Tor versucht, Zeit zu gewinnen, doch irgendwie hatten es die Männer immer wieder unter groben Mitteln geschafft, ihn zum schnellen Weitergehen zu zwingen.
„Zwanzig Minuten!", gab der Hengst versucht lässig zurück.
„Fünfzehn Minuten und damit basta!", beendete Rob das Gespräch und eilte mit Will davon, „In fünfzehn Minuten kommen wir wieder, und dann gibst du uns, was wir wollen!"
„Das werden wir ja noch sehen!", dachte Kanjak verbittert, obwohl er selbst nicht mehr an eine Rettung glaubte.

11. Kapitel:

Kathy und Ash waren gerade einmal ein paar Schritte gerannt, da hörte Kathy schon wieder zwei Stimmen hinter sich:
"Kathy, Ashley, wartet!"
Flugs fuhr sie herum und blickte in die frechen Gesichter zweier Ratten, die ihre rosa Schnauzen witternd in die Luft streckten.
„Äh... hallo, ihr zwei! Tut mir Leid, aber wir können jetzt nicht mit euch plaudern, denn wir müssen...", Kathy sagte dies wieder ohne Gedankenübertragung, damit Ashley sie auch verstehen konnte, wurde jedoch von der grauen Ratte unterbrochen: *„Ja, ja! Wir wissen, dass ihr euren Freund Kanjak retten müsst, denn wir haben euer Gespräch mit unseren Freunden Jenjo und Filou zufällig mit angehört und wissen Bescheid, deshalb kennen wir auch eure Namen."*
„Kathy! Wo bleibst du denn?! Wir können jetzt nicht reden!", kam es von Ashley.
„Ja! Komme gleich!", rief Katharina zurück und fragte dann die beiden Tiere höflich: „Und? Was wollt ihr von uns?"
„Wir waren gerade auf einem nächtlichen Beutestreifzug durch den Komplex und haben dann verwundert zugesehen, wie ein schwarzes Pferd in eine Halle geführt wurde. Natürlich konnten wir uns das erst nicht erklären, doch als wir dann wieder nach Hause zu unserem Abfallberg liefen und euch reden hörten, wurde uns einiges klar: Das Pferd war Kanjak und wir wollen euch helfen, indem wir euch eine Abkürzug zu

dieser Halle durch ein Rohr zeigen!", antwortete die schwarz-weiße Ratte.
Katharina traute ihren Ohren kaum: Die Ratten zeigten ihnen eine Abkürzung? Wie lieb von ihnen! Ein Mensch wäre niemals so hilfsbereit zu Leuten, die er nicht einmal kennt! Von den Tieren konnten sich viele Menschen eine Scheibe abschneiden!
„Ash, komm schnell!", rief Katharina der schon ungeduldig werdenden Ashley zu, „diese lieben Ratten zeigen uns eine Abkürzung und wissen sogar, wo Kanjak ist!"
Eilig lief Ashley hinüber und jauchzte überglücklich: „Juhu, Kanjak wir kommen!", und fügte dann noch schnell hinzu: „Also, dann! Lasst uns keine Zeit verlieren!"

*

Wenig später rannten die Kinder hinter den Ratten her durch den ganzen Komplex, und es kam Kathy eher wie ein Umweg, als eine Abkürzung vor, aber andererseits wusste sie ja auch nicht, wie lang der Weg ohne die Hilfe der Ratten geworden wäre. Außerdem hatte sie inzwischen jegliches Zeitgefühl verloren.
Endlich kamen die Kinder und ihre Helfer vor einem Rohr an. Kathy und Ashley blieben vor Staunen die Münder offen stehen: so ein großes Rohr hatten sie im ganzen Komplex noch nicht gesehen! Es war aus massivem Metall wie die anderen Rohre und hatte Schrauben so groß wie Kathys Faust. Man konnte sogar aufrecht darin gehen!

„*So, da wären wir!*", piepste die gescheckte Ratte, die sich unterwegs als Richi vorgestellt hatte.
„Sie sagen, dass das das Rohr ist, durch das wir hindurch müssen", erklärte Katharina, der nur das Piepsen der Ratten, jedoch nicht deren Rede verstehenden Ashley.
„*Wir begleiten euch aber nur bis zum Ausgang des Rohres, aber keinen Schritt weiter! Sonst laufen wir noch den Entführern eures Freundes, die übrigens auch Tierarztversuche mit uns Ratten aus dem Komplex vollführen, in die Arme!*", fügte die graue Rattendame Brix eilig hinzu. In ihrer Stimme lag viel Hass, als das kleine Tier über die Entführer des Hengstes gesprochen hatte.
„Tierarztversuche? Wieso denn das?", fragte Ashley, als Katharina übersetzt hatte.
„Das habe ich sie auch schon gefragt, doch auf diese Frage wussten sie ebenfalls keine Antwort", beantwortete Kathy ratlos die Frage.
„Na ja, vielleicht weiß Kanjak inzwischen mehr!"
„*Kommt! Wir müssen uns beeilen!*", drängte Richi.
Willig folgten die Mädchen der Aufforderung des Tieres und machten sich auf den Weg durch das Rohr, an dessen Ende eine unerfreuliche Überraschung auf die Helfer wartete.

*

Ashley war sich nicht sicher, wie lange sie schon stillschweigend durch die Dunkelheit gestapft waren, die Blicke immer voraus gerichtet, um jeden auch noch so kleinen Lichtschimmer wahrzunehmen und dadurch zu

wissen, dass der Ausgang nicht mehr allzu fern sein konnte.
Wie deprimierend das Dunkel doch war! Alle Zweifel, die das Mädchen bis jetzt zu unterdrücken versucht hatte, keimten jetzt wieder mit immer größer werdenden Gewalt auf und drückten ihr Herz wie zwei riesige Pranken zusammen. Wie konnte das nur passieren? Diese Frage stand Kathy und ihr schon seit Stunden ins Gesicht geschrieben; Verzweiflung spiegelte sich in ihren Augen wider.
Plötzlich keimte neue Hoffnung in Ash auf: Da vorne war Licht! Draußen wurde es nämlich immer heller, denn die Nacht neigte sich schon langsam dem Ende zu, und das hieß erst recht: Sie mussten sich beeilen!
Wie auf ein geheimes Signal hin rannten auf einmal die Ratten und die Kinder los.
„Schneller!", hörte Ashley Kathy panisch rufen, „Ich habe das Gefühl, wir haben nicht mehr so viel Zeit, um Kanjak zu befreien!"

12. Kapitel:

Krampfhaft versuchte Kanjak ruhig zu denken, doch so sehr er sich auch bemühte, einen klaren Gedanken zu fassen, es gelang ihm einfach nicht. In seinem Inneren tobte ein gewaltiger Sturm, der sich nicht so einfach bändigen ließ! Wie sollte man Ausbruchspläne schmieden, wenn man Todesangst um jemanden hatte?
In Kanjaks Kopf schwebten die Gedanken alle munter durcheinander, nur nicht dorthin, wo sich die guten Einfälle befanden!
So wusste das Pferd nach einer Weile gar nicht mehr, was er wollte. Nur ein einziger Gedanke hatte sich ihn seinem Herzen festgesetzt: Freiheit!
Plötzlich keimte in dem Tier verzweifelte Wut auf. Aber nicht auf Will und Rob, seine Entführer, auf die er eigentlich sauer sein müsste, nein! Er verspürte Wut auf seinen Großvater, der ihm diese Gabe vererbt, und ihm somit diese Verantwortung fordernde Fähigkeit überlassen hatte.
Wäre sein Großvater nur nicht tot! Eine dicke Träne kullerte dem Hengst über die Wange, als er sich an die wunderbaren Zeiten erinnerte, in denen er noch wild und frei in einer Mustangherde in Amerika gelebt hatte und über die unendlichen Weiten der texanischen Steppen galoppiert war.
Fast meinte Kanjak, er könne den sanften Wind der Prärie in seiner Mähne spielen spüren.
Ab diesem Zeitpunkt war es um den Hengst geschehen: Der Käfig um ihn herum verschwand, und das Gebäude sowie der ganze Komplex verwandelten sich

in seine amerikanische Heimat. Er, Kanjak, stand auf einem Hügel und streckte genüsslich die Schnauze der untergehenden Sonne entgegen.
Irgendwo in der Ferne heulte ein Kojote.
Dies alles kam ihm so unendlich bekannt vor: das Heulen des Kojoten, die Sonne, der Wind...
Nein! Das durfte nicht sein! Angsterfüllt warf er den Kopf nach oben und wieherte schrill. Er durfte nicht wieder zu spät kommen! Denn durch so einen Kojoten starb sein Großvater.
Es war wie damals, er stand als kräftiger Junghengst auf diesem Hügel, als er das Schreien eines Kojoten vernahm. Erst dachte sich Kanjak nichts dabei, doch dann erfolgte auf das Heulen etwas anderes, etwas, was ihm das Blut in den Adern gefrieren lies: Es war das panische Wiehern seines Großvaters!
Das Pferd erinnerte sich genau: Er war sofort dorthin gerannt, woher die Laute kamen, doch in der Schlucht, in der sein Familienmitglied angegriffen wurde, konnte er zwar die Kojoten vertreiben, doch sie hatten seinem Opa schon zu viele Bisswunden zugesetzt und da sein Großvater wusste, dass er sterben würde, übergab er seinem Enkel die Gabe, anstatt wie vorausgesehen seinem Sohn.
Kanjak hatte damals nur ein angenehmes Kribbeln gespürt, doch heute wusste er, dass die Gabe so mächtig war, dass man sie nicht mehr mit einem „Kribbeln" beschreiben konnte.
Als er damals seine Aufmerksamkeit auf den Sterbenden richtete, zuckte dessen Körper noch ein allerletztes Mal, bevor die Seele das alte Pferd verließ, und es für immer seine Augen schloss.
Kanjak würde dieses Bild nie mehr vergessen, als Großvater Coray blutüberströmt sterbend in der

Schlucht lag und der zweijährige Hengst hilflos zusehen musste, wie ihn Coray verließ.
Nein! Dies wollte Kanjak nicht noch einmal erleben!
Der Hengst wendete und galoppierte so schnell ihn seine Pferdebeine trugen in die Richtung, aus der das Kojotengeheul kam.
Doch das Tier kam nicht weit, denn urplötzlich stieß es mit voller Wucht gegen die Holzbox, in der es immer noch stand und wurde somit wieder in die Wirklichkeit zurückgeholt.
„Alles nur Einbildung!", flüsterte Kanjak traurig zu sich selbst, „ich werde meinem Opa nie mehr helfen können!"
Eine zweite Träne löste sich aus seinen Augen und tropfte zu Boden. Immer mehr Tränen folgten, bis der Hengst leise anfing zu schluchzen.

Kanjak, mein lieber Kanjak! Weine nicht! Ich bin bei dir!

Was war das? Verwundert sah sich das Pferd um.
War das nicht eben die Stimme Corays? Aber wie konnte das sein? Coray war doch vor vier Jahren gestorben!

Oh, Kanjak! Was habe ich dir in meinem letzten Sommer auf Erden gesagt: Es werden einige Dinge geschehen, die du nicht verstehen wirst, doch es kommt die Zeit, da wirst du alt und weise werden und dann, und nur dann, wirst du verstehen, was ich damit gemeint habe.

„Großvater? Großvater! Wo bist du!", rief Kanjak panisch. Er hatte solche Angst, sich die Stimme nur

eingebildet zu haben!
Der Hengst machte suchend einen Schritt nach vorne und wäre dadurch fast in die Tränenpfütze getreten.

Halt! Bleib stehen! Sonst zertrittst du mich!

Erstaunt blickte Kanjak nach unten und machte vor Schreck einen Satz nach hinten, denn in der Pfütze war das Spiegelbild seines Opas!

*

„Quiieeck!", Brix quietschte erschrocken auf, als ihre Barthaare an etwas im Rohr stießen.
„Was ist denn los?", hörte sie Kathy und Ashley, die nun auch stehen geblieben waren, wie aus einem Mund rufen.
Die kleine graue Ratte kniff die kleinen, schwarzen Knopfaugen zusammen, starrte suchend in die Dunkelheit und antwortete dann voller Entsetzen:
„*Oh, nein! Hier sind Holzstäbe, die uns den Weg versperren!*"
„Nein! Aber ihr habt doch gesagt, dass hier ein Durchgang wäre!", rief Katharina erschrocken aus. Wenn sie jetzt umkehren müssten, wäre das ein riesiger Zeitverlust!
„*Ja, hier war ja vor einem Monat ja auch noch einer!*"
„Was ist denn jetzt los? Warum sagt mir denn keiner was?", fragte Ashley aufgeregt und hüpfte von einem Bein auf das andere, denn Kathy hatte noch nicht übersetzt.

„Und wie kommen wir jetzt durch das Gitter?!", ignorierte Kathy die Freundin.
„Ein Gitter?! In diesem Rohr? Oh, nein! Jetzt war alles umsonst!"
Endlich sprach Ashley aus, was alle dachten.
„Aber die Holzstäbe scheinen mir nicht sehr dick. Vielleicht können wir sie durchknabbern?", schlug Richi vor.
„Ja! Fangt sofort damit an, denn es ist unsere einzige Hoffnung!", bestätigte Kathy.
Während die Ratten emsig zu knabbern anfingen, erzählte Katharina Ashley erst einmal genauestens, was die Tiere gesagt hatten, denn jetzt hatten sie ja Zeit…

*

„Opa?! Wie… wie kann das sein!? Bist du wirklich hier?"
Coray sah in der Pfütze noch genau so aus, wie Kanjak ihn in Erinnerung hatte:
Er hatte einen stolz erhobenen Kopf mit denselben, kleinen Ohren, schwarzes Fell und schöne, gepflegte Hufe, so wie Kanjak. Und überhaupt sah er seinem Großvater sehr ähnlich.
Wie aus dem Gesicht geschnitten, wie die Menschen sagten.

„Ja, mein Kleiner. Ich bin wirklich hier! Du kannst es ruhig glauben! Ich bin immer hier und gebe auf dich Acht. Denke daran, du bist nie allein! All deine Vorfahren im Himmel schauen auf dich herunter und sind

bei dir, wenn du sie brauchst.

Auf einmal spürte der Hengst den großen Drang, sich an das warme Fell seines Opas zu schmiegen und sich erst einmal hemmungslos auszuweinen, doch dann straffte er die Schultern und riss sich zusammen. Er konnte später noch um Coray trauern, jetzt musste er erst einmal hier raus!
„Ach, Opa! Kannst du mir nicht helfen, hier herauszukommen?"

„Nein, tut mir Leid, dazu bin ich nicht in der Lage, aber vertraue deinen Freunden! Sie werden dir helfen!"

Dann verschwamm das Bild und in der Pfütze spiegelte sich nur noch Kanjaks verblüfftes Gesicht wider.
„Großvater Coray, warte! Was ist mit Kathy und Ashley?", schrie Kanjak in die Pfütze, doch der alte Hengst war schon wieder auf dem Weg zurück in seine Welt...

13. Kapitel:

„Kathy? Kathy! Kathy, hörst du mich?!", Ashley fuchtelte ihrer Freundin mit der Hand vor dem Gesicht herum. Irgendetwas stimmte nicht mit ihr!
Doch Kathy starrte unaufhaltsam in die Dunkelheit.
Es kam Ashley so vor, als würde sie durch sie hindurchsehen ...
Ihr Blick ließ Ashley das Blut in den Adern gefrieren. Er war so ... leer ... wie hypnotisiert!
Jetzt bekam es Ashley mit der Angst zu tun. Das sah doch ein Blinder, dass mit ihrer Freundin etwas nicht in Ordnung war!
„Kathy, oh, Kathy! Hörst du mich?!"
Vergebens.
Ash packte Katharina an den Schultern und schüttelte sie.
Wieder nichts.
Was war nur mit ihrer Freundin los? Dabei wollte sie ihr doch sagen, dass die Ratten die Holzstäbe fast ganz durchgeknabbert hatten und man sie nun durchbrechen konnte ...

*

Aufgeregt hatte Kathy den Ratten beim Nagen zugesehen.
Wie sie sich anstrengten! Einfach zu niedlich!
Doch dann vernahm sie plötzlich ein Geräusch. Sie sah

zu Ashley, doch die sah nicht so aus, als ob sie etwas gehört hätte.

Hatte sie es sich vielleicht nur eingebildet?

Nein, da war es wieder und diesmal schon etwas kräftiger. Es war eine Art Rauschen, das sich anscheinend nur in ihrem Kopf abspielte.

Es waren Laute, einzelne Buchstaben, die in ihrem Kopf herumschwirrten und sich langsam zu einem Wort zusammensetzten.

Da, jetzt hörte sie es! Ganz leise nur drang das Wort zu ihr durch:

Hilfe...

Kanjak, das war bestimmt Kanjak! Und er brauchte ihre Hilfe! Er war in Gefahr!

Dann durften sie nicht länger zögern!

Kathy schüttelte den Kopf, um das Rauschen aus ihren Ohren zu bekommen, und wirklich: Langsam tastete sich die Wirklichkeit wieder zu ihr durch…

Als Kathy wieder zu sich kam, traf sie Ashleys Redeschwall wie ein Eimer eiskaltes Wasser:

„Oh, Kathy, endlich! Geht es dir gut? Du…"

Doch Kathy unterbrach sie sofort wieder, denn soo wichtig konnte es ja gar nicht sein, nicht wenn sie selbst gerade eine Nachricht von Kanjak bekommen hatte:

„Ruhe! Wir müssen uns beeilen! Kanjak braucht uns!"

Dann erzählte Katharina ihrer Freundin und den Ratten im Telegrammstil von der Nachricht Kanjaks.

„Ja, dann müssen wir uns wirklich beeilen! Schnell, tretet die Stäbe durch!", kam es von Richi.

Fast gleichzeitig traten Kathy und Ashley die zwei angeknabberten Stäbe ein (mehr konnten die Ratten nicht schaffen), sodass sie sich gerade hindurchzwängen konnten.
Eilig folgten sie ihren neuen, vierbeinigen Gefährten, die ihnen schon ein wenig voraus gelaufen waren.

Bald traten die Vier durch das Rohr nach draußen und staunten nicht schlecht, denn vor ihnen ragte wie aus dem Nichts ein riesiges Gebäude in die Höhe, das Kathy irgendwie unheimlich vorkam.
Kühle Nachtluft stieß ihnen entgegen und Kathy atmete erst einmal tief ein.
„Kommt, schnell! Wir haben es fast geschafft! Da drinnen ist Kanjak!", riefen die Ratten, die anscheinend vor Aufregung vergessen hatten, dass sie ihnen nicht weiter bis durch das Rohr folgen wollten, und rannten dann so schnell sie ihre kleinen Rattenbeine trugen zum Eingang des Tores.

*

„Ha, ha! Nur noch zwei Minuten!", lachte Rob böse, „dann haben wir diese tolle Gabe des blöden Gauls, dem sie doch gar nicht zusteht!"
Die beiden Männer standen auf der anderen Seite der Halle, in der auch Kanjak eingesperrt war, und hatten ihn somit ganz gut im Blick.
„Ja, genau! Und dieses Kind weiß doch auch nicht, mit welch mächtigen Kräften es zu tun hat! Die Gabe steht

uns zu, uns allein!", antwortete Will mit einem selbstgefälligen Grinsen.

„Ja, genau! Der Hengst kann gar nichts mehr ändern! Er wird doch nicht zulassen, dass seiner Freundin etwas passiert..."

*

Kanjak lief unruhig in seinem Gefängnis hin und her.
Warum antwortete Kathy ihm denn nicht?
Kanjak hatte es nämlich nicht mehr ausgehalten und sich mit Kathy in Verbindung gesetzt, um ihr mitzuteilen, dass er Hilfe benötigte. Er wusste zwar, dass sie ihm nicht helfen konnte, da sie selbst gefangen war, doch er *musste* einfach mit ihr reden!
Langsam hatte Kanjak ein Wort in Gedanken geformt:

Hilfe!

Kanjak hatte gespürt, wie es aus seinem Kopf geschwunden war und sich aufgemacht hatte, in Kathys Kopf anzukommen - zumindest stellte sich Kanjak das immer so vor.
Seine Gedankenübertragung musste doch schon längst bei Kathy angelangt sein!
Da kam ihm ein Gedanke in den Sinn: Was, wenn Kathy gar nicht wusste, wie man Gedanken übertrug? Ihm waren seine Fähigkeiten schon zu Instinkten geworden, aber was war mit Kathy? Musste sie ihre Gaben üben? Wenn ja, dann *konnte* sie ja gar nicht antworten!

„Mist!", brummelte das Pferd verzweifelt.
Bald würde die Zeit abgelaufen sein, dann konnte er keine Tiere mehr heilen, und dann wollte Kathy bestimmt nichts mehr mit ihm zu tun haben!
Was sollte er nur tun? Nichts! Er konnte einfach nur die Zeit absitzen und den Männern danach seine Gabe überlassen, sonst nichts.

Kathy zu fragen, ob sie wirklich eingesperrt war, kam Kanjak beim Nachdenken nicht in den Sinn.

14. Kapitel:

Als sich Kathy mit ihren Freunden dem Tor näherte, sprangen die Lichter auf Grün, und sie konnten das Tor passieren.
Vorsichtig, und immer darauf bedacht, so leise wie möglich zu sein, lief die außergewöhnliche Gruppe den schmalen Gang entlang. Bald darauf gelangten sie in einer geräumigen Halle an.
Kathy ließ den Blick aufmerksam schweifen: In der Halle befanden sich, wie in dem Komplex üblich, Kräne, Rohre, Kisten und ... eine Box.
Katharina sah genauer hin und erkannte... Kanjak darin!
„Da...da ist Kanjak!", stammelte Kathy überrascht.
Sie hatte zwar erwartet, ihren Freund hier zu finden, doch dass dies *so* plötzlich geschah, hätte sie nicht gedacht!
„Ja, ich seh's!", antwortete Ashley ungerührt, „aber warum lassen Will und dieser andere Kanjak unbeaufsichtigt? Er könnte doch entwischen! Also, irgendetwas ist hier faul!"
„Er könnte ja auch befreit werden!", grinste Kathy.
„Hey, wir könnten doch vorgehen und schauen, ob die Luft rein ist!", meldeten sich die Ratten zu Wort.
Ohne eine Antwort abzuwarten, rannten sie auch schon mit kleinen, trippelnden Schritten davon, und ihre kleinen, rosafarbenen Schwänze wehten ihnen wie zwei Fähnchen hinterher.

*

Brix huschte mit ihrem Freund Richi hinter eine Kiste, von wo aus sie einen guten Blick auf die Box mit dem Pferd hatte, dessen Namen sie sich nun endlich merken konnte.

Die kleine Ratte betrachtete ihr Umfeld genauer. Die Kinder mussten irgendwie unbemerkt zu der Box gelangen, um Kanjak zu befreien!

Denn Brix konnte sich nicht vorstellen, dass die beiden Tierquäler ihn unbeaufsichtigt ließen. Bestimmt hielten sie sich irgendwo versteckt und warteten nur darauf, dass – Nein!

Die Ratte schüttelte den Kopf mit den runden Ohren. Nein, wahrscheinlich wussten die Männer überhaupt nicht, dass sie verfolgt wurden!

Brix richtete ihre Aufmerksamkeit wieder auf die Halle:

Von den Kisten aus konnte man, auch in Menschengröße, unbemerkt hinter ein Rohr gelangen. Dieses Rohr wiederum führte fast ganz bis zu Kanjaks Gefängnis, und dann waren es nur noch wenige Meter zu ihrem vorläufigen Ziel; die Kinder mussten ja noch aus dem Komplex hinaus...

Brix spürte einen kleinen Stich im Herzen. Man konnte es nicht glauben, dass einem zwei *Menschen* in so kurzer Zeit so schnell ans Herz wachsen konnten!

Aber jetzt hatten sie erst einmal andere Probleme als den Abschied!

„Komm schon!", drängte Richi, *„du hast doch bestimmt auch gesehen, wie Kathy und Ashley zu Kanjak gelangen, also lass uns ihnen sagen, welchen Weg wir*

zu ihm gefunden haben!"
„Ja, ja! Komme ja schon!", rief Brix und eilte bereits in Richtung der Freunde.

*

„Da, schau! Sie kommen wieder!", flüsterte Ashley ihrer Freundin zu, als sie die beiden Ratten auf sie zurennen sah.
„Und? Wie ist es am sichersten zur Box zu gelangen?", fragte Kathy Brix und Richi.
„Wir haben einen guten Weg gefunden!", fing Richi an, wurde aber dann gleich von Brix unterbrochen, *„Mensch, Richi! Jetzt rede doch nicht so lange um den heißen Brei herum! Also, was er sagen will"*, wendete sich die Rattenfrau wieder an die Kinder, *„ist, dass ihr als erstes hinter diese Kiste schleichen müsst, wie gesagt schleichen, denn es könnte ja jemand hier sein, der Kanjak bewacht, und von da aus hinter das lange Rohr, das ihr dort drüben seht und zu guter Letzt folgt ihr nur noch dem Rohr. Nachdem ihr dies getan habt, sind es nur noch ein paar Meter bis zur Box, und ihr könnt das Schloss aufbrechen. Ich habe nämlich hinter der Kiste einen großen Stein gesehen!"*
Schnell übersetzte Kathy für Ashley und sagte dann: „Das klingt ja fast so, als wolltet ihr uns nun verlassen!?"
„Also, nein! Wir sind euch jetzt so weit gefolgt, da gehen wir das letzte Stückchen auch noch mit!", antworteten die Ratten im Chor.
„Gut", freute sich Kathy.

„Frag sie mal, was es mit dem Schloss, von dem sie gesprochen haben, auf sich hat!", befahl Ashley der Freundin.
Diese leitete die Frage weiter: „Ihr habt von einem Schloss an der Box gesprochen. Ist es schwer zu knacken?"
„Das können wir euch leider nicht sagen, wir kennen uns mit solchen Dingen nicht aus!"
„Na ja, dann versuchen wir einfach unser Glück! Auf geht's! Wir haben schon genug Zeit vertrödelt!"

*

Oh, nein! Jetzt musste sich Ashley aber beeilen, wenn sie ihn und Kathy noch retten wollte! Falls sie sie noch retten konnte…
Kanjak trat unruhig von einem Huf auf den andern.
Wenn nur dieses elende Warten auf Hilfe, die wahrscheinlich sowieso nicht kommen würde, nicht wäre! Aber was sollte es. Dann wartete er halt darauf, dass Rob und Will kamen, und ihn zu dem zwangen, was sie wollten.
Kanjak war es inzwischen egal. Er fühlte gar nichts mehr. Doch! Er fühlte sich, als würde er seinem Tod ins Gesicht blicken…
Aber wieso?!
Wahrscheinlich, weil die Gabe dann in ihm sterben und in Will und Rob weiterleben würde…

*

Leise schlich Kathy mit ihren Freunden hinter die Kiste.
Vorsichtig lugte sie um diese, um zu sehen, ob die Luft rein war.
Das Mädchen ließ seinen Blick über die Halle schweifen, doch sie konnte niemanden sehen. Und das war auch gut so!
„Kommt, los weiter!", hauchte Kathy und gab den anderen, die bis jetzt hinter ihr gestanden waren, mit einer Geste zu verstehen, dass sie weiter konnten.
Flugs huschten die vier hinter das lange Rohr.
„Gut! Jetzt haben wir schon die Hälfte des Weges hinter uns!", sagte Ashley hinter Kathy seltsam monoton, und als sich Katharina zu ihr umdrehte, starrten ihre Augen leer nach vorne…
„Huhu! Ashley! Lebst du noch?!", fragte Kathy und fuchtelte ihrer Freundin mit der Hand vor den Augen herum.
Diese schüttelte den Kopf, als wäre sie gerade aus einem Tagtraum erwacht.
„Klar lebe ich noch! Was stellst du denn für Fragen?! Ich habe mir nur gerade überlegt, wie wir mit Kanjak anschließend aus dem Komplex kommen", gab Ash zur Verteidigung zurück.
Darüber hatte Kathy noch gar nicht nachgedacht! Aber sie mussten jetzt erst einmal zu Kanjak, sie durften nicht dauernd die Zeit mit Reden verschwenden!
Ohne zu antworten lief Kathy geduckt ihren tierischen Freunden hinterher, die schon bis ans Ende des Rohres gerannt waren.
Als auch Ash am Ende des Rohrs angelangt war, flüsterte Kathy: „Achtung, jetzt kommt der schwierige

Teil. Ich versuche, mit Kanjak zu sprechen und ihm zu sagen, dass er gegen die Boxenstäbe an der Tür, die zum Glück aus Holz sind, treten soll. Brix, Richi, ihr versucht die Stäbe durchzuknabbern! Und wir beide, Ash, werden das Schloss knacken!"
„Aye, aye, Madam!", rief Ashley und ihre Freundin legte warnend den Zeigefinger auf den Mund.
„Seid ihr auch bereit?", richtete Kathy die Frage an die Ratten.
„Natürlich!"
„Gut, dann still jetzt! Ich muss mich konzentrieren!", Kathy schloss die Augen. *Wie* sollte sie Kanjak etwas über Gedanken sagen!? Sie hatte so etwas doch noch nie gemacht! Und würden ihre Kräfte überhaupt schon stark genug sein?
Mit Gewalt zwang sich Kathy dazu, an nichts zu denken. Und plötzlich, wie durch ein Wunder, wusste sie, was sie zu tun hatte!
Langsam formte sie in Gedanken die Worte:
Trete gegen... die... Stäbe an der... Boxentür. Beeil dich!
Katharina wollte eigentlich noch dazufügen, dass er keine Angst haben brauchte, und dass sie bei ihm seien, aber für mehr reichte ihre Kraft nicht aus.
„So, jetzt lasst uns nur hoffen, dass Kanjak mich gehört hat!", teilte Kathy den anderen, die sie schon erwartungsvoll ansahen, mit.
Dann rannten sie zur Box, um ihren gefangenen Freund zu befreien.

15. Kapitel:

Kanjak tat es im Herzen weh. Er vermisste Kathy nun schon so sehr, dass er sie schon sprechen hörte!
Aber halt! Er hatte sie in seinen *Gedanken* „gehört".
Das hieß... nein, war es wirklich war? Kathy hatte mit ihm über Gedanken gesprochen! Sie konnte es wirklich!
Ein warmes Lächeln huschte über Kanjaks Gesichtszüge. Sie hatte es geschafft!
Aber was noch wichtiger war: Sie war nicht gefangen und kam, um ihn zu befreien!
Was hatte sie ihm noch einmal gesagt? Er sollte gegen die Stäbe an der Tür treten!
Eilig drehte sich der Hengst um und schlug mit aller Kraft aus.
Laut und krachend donnerten seine Hufe gegen die Holzstäbe. Diese wackelten schon gefährlich, doch nichts splitterte.
Wieder und wieder trat das Pferd gegen die Tür, bis sich schließlich ein kleiner Riss im Holz abzeichnete...

*

„Kanjak, Kanjak!", schrie Kathy mit Tränen in den Augen.
Sie hatte ihren Freund so vermisst! Sie kannte ihn zwar noch nicht sehr lange, doch er war...ach, Kathy konnte

es nicht beschreiben, was sie für das Tier empfand. Für sie war er einfach ein überirdisch guter Freund, den sie, genauso wie Ashley, nie mehr hergeben wollte.
Freudig stellte das Mädchen fest, dass der Hengst schon anfing, gegen die Box zu treten. Er hatte sie also wirklich verstanden!
„Kathy, Ashley!", kam es erleichtert von Kanjak zurück, „Kathy, ich dachte du wärst gefangen! Ich…"
„Hört auf zu quatschen! Reden könnt ihr später noch, jetzt müssen wir dich erst einmal befreien, Kanjak! Keine Angst, wir, das heißt Brix und ich, Richi, wollen helfen, dich da rauszuholen!", unterbrach Richi die Menschen und das Pferd jäh.
Inzwischen waren die Ratten und die Kinder an der Box angelangt, und die Ratten schlugen eifrig ihre Zähne in das Holz. Auch Kathy und Ash machten sich ans Werk und untersuchten das alte, verrostete Schloss genauer.
„Hole mir mal den Draht da drüben!", befahl Ashley ihrer Freundin, die ihn sofort brachte und erleichtert das Knacken des Schlosses Ashley überließ. Diese stocherte wie wild in der Schlossöffnung herum, sodass es nur so knackte und quietschte.
Der Hengst trat jetzt so fest gegen die Stäbe, dass sie schon zu splittern anfingen, und Brix, die ja an der Tür nagte, durch die Wucht des Tritts nach hinten fiel und sich einmal überschlug. Überrascht blieb sie kurz auf dem asphaltierten Boden liegen, doch dann fing sie an zu zetern: *„Mensch, kannst du nicht aufpassen?!"*
Sie brummelte noch etwas vor sich hin, machte sich dann jedoch wieder an die Arbeit.
Bald waren die Stäbe an der Tür völlig zersplittert, sodass dadurch das Schloss nur noch lose im Holz hing und Ashley es ohne Mühe abreißen konnte.

Gerade wollten die fünf Freunde einen Freudenschrei ausstoßen, als sie plötzlich wildes Geschrei und Schritte hinter sich hörten.
Ruckartig fuhr Kathy herum und sah... die beiden Männer, die Kanjak entführt hatten, auf sie zueilen.
Ohne lange zu überlegen schwang sie sich auf den blanken Rücken des Hengstes und zog Ashley hinter sich.
„Lauft! Schnell!", riefen die Ratten.
„Ja, aber was ist mit euch?! Wir können euch doch nicht einfach hier zurücklassen!", widersprach Kathy.
„Doch, ihr müsst! Der Komplex ist unsere Heimat, wir können nicht mitkommen!"
Inzwischen hatten die Männer sie fast erreicht, und Kanjak begann unruhig zu tänzeln.
„Okay, wir respektieren eure Entscheidung. Dann tschüss, wir werden uns bestimmt mal wieder sehen! Und danke für eure tolle Hilfe, ohne euch hätten wir es nie geschafft, Kanjak zu befreien!"
„Kein Problem! Tschüss!", einmal winkten die Ratten ihnen noch zu, dann verschwanden sie eiligst hinter den Rohren und wurden vom Schatten verschluckt.
„Los, lauf jetzt, Kanjak!", schrie Kathy. Das Pferd konnte gerade noch zur Seite springen, um zu verhindern, dass Will ihn an der Mähne packte, denn die Mädchen hatten ihm den Strick entfernt.
Im Slalom galoppierten sie durch die nun schon sehr helle Halle, immer dem Ausgang zu. Hinter ihnen hörten sie das Schnaufen der Männer.

*

„Hey, Will! Sieh mal, da! Da macht sich wer am Käfig zu schaffen!", rief Rob und rannte auch schon in Richtung Box.
Wumm.
Die Stäbe der Box waren zertrümmert.
„Mist!", hörte er Will außer sich vor Wut hinter sich schreien.
„Halt, stopp!", kam es verzweifelt von Rob.
Wenn das Pferd jetzt entkam, würden sie nie reiche Tierärzte werden, ihr Traum würde von jetzt auf gleich zerplatzen!
Tränen der Verzweiflung rannen ihm über die Wangen.
Das durfte nicht sein! Nein, nein, nein! Er würde bis an sein Lebensende mit Will in der stickigen, verschimmelten Wohnung leben, die ihm seine Tante vererbt hatte!
Sein Freund schoss an ihm vorbei und schnappte nach dem Pferd, das inzwischen von zwei Mädchen, die auf seinem Rücken saßen, befreit worden war.
Doch das Tier sprang mit einem schnellen Satz zur Seite, sodass Wills Hand ins Leere griff.
Der Hengst machte auf der Hinterhand kehrt und galoppierte im Slalom durch die Halle, um ihnen zu entfliehen.
Eilig rannten die Männer hinterher.
Sie mussten es schaffen!

*

Kathys Herz klopfte wie wild.
Geschickt lenkte sie das Pferd durch die Halle und schließlich wieder in den Gang, aus dem sie gekommen waren.
Wieder sprangen die Lichter an, und diesmal schien es so, als wollten sie von oben auf sie herunterstürzen, um sie zu fangen.
Katharina war richtig erleichtert, als sie den Ausgang sah, und das Tor ratternd aufging.
Doch jetzt kam wieder etwas Schwieriges: Sie hatten keine Ahnung, wo sie hin mussten!
„Kanjak? Wohin jetzt?!", fragte sie ihren Freund panisch, denn dieser war stehen geblieben, um sich umzusehen.
Hier hatten die Männer natürlich eindeutig einen Vorteil, denn sie kannten sich in diesem riesigen Komplex aus, kannten alle Sackgassen und Abkürzungen…
„Kanjak! Lauf weiter!", schrie Ashley, froh, dass Kanjak auch sie verstehen konnte, „die Männer sind uns wieder ganz nah!"
Ohne sich überhaupt umzudrehen galoppierte das Pferd wieder los, diesmal aber mit gedrosseltem Tempo, da sie ja den richtigen Weg finden mussten!
Der Hengst sah sich um: Ja, diese Kiste hatte er schon einmal gesehen… und dieses schiefe Rohr war ihm sofort ins Auge gestochen…
„Kanjak! So laufe doch schneller!", durchschnitt Ashleys grelle Stimme die Stille.
Und wirklich, als der Hengst sich umdrehte, waren Will und Rob schon wieder nahe… *zu* nahe.
Widerstrebend lief Kanjak schneller, bis er endlich, ihm kam es so vor, als wären die Minuten Stunden, das nächste Tor sah.
Eilig preschte er hindurch.

Ein paar Mal passierten sie noch Tore, umrundeten Kisten oder sprangen über Rohre.
Nun hatten sie wieder einen Vorsprung gegenüber den immer langsamer werdenden Verfolgern.
„Wohin jetzt?", kam es von den Mädchen.
Tja! Wenn er dies nur wüsste! Langsam verlor Kanjak nämlich den Überblick.
Doch er hatte keine Zeit zu überlegen, denn anscheinend hatten die Männer eine Abkürzung gewählt und waren jetzt auf einmal wieder dicht hinter ihnen.
„Lauft nur! Wir werden euch schon kriegen, koste es, was es wolle!", kam es hasserfüllt von Will. So einfach ließ er sich kein Pferd klauen!

*

Wills Lungen brannten.
Wie gerne würde er einfach aufhören zu laufen!
Doch das konnte er jetzt nicht! Nicht wenn ihm gerade eine Million in Form eines Pferdes davonlief!

*

Ohne richtig zu überlegen wählte Kanjak eine kleine Seitengasse und galoppierte weiter.
Wenn doch nur endlich das große Eingangstor käme!
„Kanjak, ich…ich glaube wir sind falsch!", rief Ashley mit weinerlicher Stimme. Und dann entdeckte auch das Pferd, was das Mädchen gemeint hatte: Ein paar Meter

vor ihnen ragte eine hohe Wand in den rosa schimmernden Morgenhimmel; zu hoch zum Darüberspringen.
Panisch drehte sich Kanjak um, doch es war zu spät. Die Männer kamen jetzt böse grinsend auf sie zugelaufen und versperrten den Ausgang.
Sie saßen in der Falle!

16. Kapitel:

Mit seinem bösen Grinsen kam Will näher auf die Freunde zu.
„Tja, so schnell sieht man sich wieder!"
Kathy konnte es nicht glauben. Sollte etwa alles umsonst gewesen sein? Waren sie die ganze Nacht für nichts und wieder nichts durch den Komplex gerannt, um dann mit ansehen zu müssen, wie Kanjak wieder in Gefangenschaft geriet?
Nein, das konnte sie nicht glauben! Sie *wollte* es nicht glauben!
Aber was hatten sie schon für eine Chance? Sie kamen aus dieser Sackgasse nicht raus, und selbst wenn sie es schaffen würden, sich an Will und Rob vorbeizustehlen, wie ginge es dann weiter? Sie hatten doch keine Ahnung, wohin sie laufen sollten!
Inzwischen waren etwa nur noch zwei Meter Abstand zwischen ihnen und ihren Verfolgern.
Katharina merkte, wie auch Kanjak die Hoffnung verließ. Traurig senkte der Hengst den Kopf.
„Na, jetzt hast du wohl endlich kapiert, dass du uns nicht entkommen kannst, he?", sagte Will mit drohendem Unterton und wollte wieder nach der Mähne des Hengstes schnappen, als vom Eingang der Sackgasse her ein gefährliches Knurren zu hören war…

*

Rob fuhr herum. Das Knurren kam immer näher und plötzlich konnte er Schatten, die sich wie Gespenster langsam aus der Dunkelheit lösten, erkennen.
Krallen schlurften tapsend über den asphaltierten Boden.
„Wer...wer ist da?", fragte er ängstlich.
Keine Antwort.
Stattdessen sah er, wie einer der beiden Schatten zum Sprung ansetzte.
Rob war wie gelähmt. Er konnte sich nicht bewegen, und erst als das Etwas aus dem Schatten der hohen Mauer der Sackgasse heraus auf ihn zugeflogen kam, erkannte er, dass es die beiden Wachhunde waren, die sie angriffen.
Plötzlich konnte sich der Mann wieder bewegen.
Er versuchte zur Seite zu springen, doch da warf sich der Hund schon mit solch einer Wucht auf ihn, dass er fiel und hart auf dem Boden aufschlug.
Benommen musste er für einen Moment die Augen schließen.
Als er sie wieder öffnete, sah er aus den Augenwinkeln, dass auch Will zu Boden gerissen wurde.
Der heiße Atem an seiner Kehle ließ ihm den Schweiß austreten, und er wartete darauf, dass jeden Augenblick der Hund zubeißen und ihm die Kehle durchtrennen würde.
Aber das Tier biss nicht zu, stattdessen schien es auf etwas zu warten. Nun preschte der Hengst mit den Mädchen vorbei.
Allmählich verstand Rob.
Die Hunde hatten dem Pferd geholfen zu fliehen!
Verzweifelt versuchte er, den Hund von sich herunterzuschubsen, doch es half nichts, das Tier war ihm ein-

fach überlegen!
Gerade, als Rob aufgehört hatte, sich zu wehren, ließen die Tiere von ihm ab und rannten die Sackgasse hinaus, dem Pferd, das jetzt schon einen großen Vorsprung hatte, hinterher.

*

Mit vor Angst geweiteten Augen starrte Kathy in die Dunkelheit.
Was war das?
Wie in Trance nahm sie war, wie sich Schemen aus dem Schatten lösten und dann auf die Männer losgingen, sie umwarfen und sich dann breitbeinig auf sie stellten, die Mäuler mit den messerscharfen Zähnen an den Kehlen der Männer.
Da erkannte Kathy, wer die Angreifer waren.
„*Jenjo, Filou!*"
Ohne ein Wort der Begrüßung rief Filou:
„*Schnell! Rennt an den Männern vorbei, solange wir sie noch aufhalten können! Wir kommen gleich nach und zeigen euch den Weg!*"
Kanjak, der die Hunde selbstverständlich auch gehört hatte, rief den Hunden einen schnellen Dank zu und rannte dann an den Männern vorbei aus der Sackgasse und weiter durch den Komplex, aber einigermaßen langsam, damit die Hunde ihnen folgen konnten.
Nach kurzer Zeit schlossen Jenjo und Filou zu ihnen auf und führten sie durch ein Tor.
Doch wenn die Gruppe jetzt dachte, die Männer würden sie nun nicht mehr verfolgen, so hatten sie sich getäuscht.

Sie waren immer noch dicht hinter ihnen, denn sie hatten sich sofort wieder aufgerichtet, als die Hunde von ihnen herunter gesprungen waren, und liefen ihnen hinterher.

*

Kathy kam es wie eine Ewigkeit vor, als sie endlich das große Haupttor erreichten.
„Endlich!", rief sie freudig aus.
Auch Kanjak, der schon ziemlich ausgelaugt war, beschleunigte seine Schritte.
Leider waren ihnen ihre Verfolger immer noch auf den Fersen, da sie sich gut auskannten...
Kathy hatte sich nicht einmal in ihren kühnsten Träumen vorgestellt, dass sie sich einmal so auf ein Tor freuen würde.
„Wo gehen wir dann eigentlich hin, wenn wir draußen sind?", fragte Ashley.
„Oh, nein! Darüber haben wir ja gar nicht nachgedacht!"
Kathys Freude war urplötzlich wie weggeblasen und eine eiserne Hand drückte ihr Herz unerbittlich zusammen.
„Ich fürchte, wir werden uns überraschen lassen müssen!", kam es nicht sehr hoffnungsvoll von Kanjak, „wenigstens geht unseren Verfolgern trotz ihrer Abkürzungen die Luft aus!"
Jetzt hatten sie das Tor erreicht und es ging ratternd auf.
„Wir könnten ja in den Wald dort hinten laufen, da finden sie uns bestimmt nicht!

Außerdem sind sie schon so langsam, dass sie uns bestimmt sowieso nicht mehr folgen werden!", machte Filou den Vorschlag.
„Ja, dann schnell weiter!", antwortete Kathy.
„Was haben sie gesagt?", fragte Ashley neugierig.
Statt einer Antwort schrie Katharina plötzlich entsetzt auf:
„Nein, das darf doch jetzt nicht wahr sein! Nicht den Jeep!"
Ruckartig drehten sich alle um, um zu sehen, was Kathy so entsetzlich fand.
Und dann sahen sie es: Die Männer waren in einen Jeep gestiegen und steuerten jetzt weiterhin auf sie zu.
Und sie holten schnell auf...
Aus der Hinterhand heraus schoss Kanjak herum und rannte, so schnell er konnte.
Er würde sich ganz bestimmt nicht mehr einfangen lassen! Nein, nicht noch einmal!
Und außerdem waren ja jetzt auch die Mädchen und die Hunde in Gefahr...
Der Hengst konnte das Gefühl gar nicht beschreiben, das er gerade verspürte.
Diese Angst, seiner Freiheit beraubt zu werden, die er schon immer in den Weiten der USA verspürt hatte, als er noch ein Wildpferd war.
Jeden Sommer waren Wildfänger seiner Herde nachgejagt und hatten immer fast dreißig Pferde mitgenommen und verkauft.
Angewidert schüttelte das Pferd den Kopf.
Daran wollte es jetzt gar nicht denken!
Deshalb konzentrierte sich der Hengst wieder auf seinen Weg, denn inzwischen waren sie am Waldrand angekommen.
Endlich!

Wie schützende Arme legte sich die dunklen Äste der Bäume über den Hengst und zogen ihn mit ihrer natürlichen Schönheit in ihren Bann.
Auf einmal schöpfte das Tier durch den atemberaubenden Anblick des nächtlichen Waldes, der so viel Ruhe und Sicherheit ausströmte, neuen Mut und galoppierte mit frischer Kraft weiter.
Hier würden die Männer sie bestimmt nicht mehr finden! Und das war auch gut so, denn trotz allem fingen die Muskeln Kanjaks Beine langsam an zu schmerzen.
Doch da hatte sich das Pferd getäuscht! Die Männer verfolgten sie weiterhin unerbittlich.
Im Slalom rannte es durch den Wald. Will und Rob mussten zwar manchmal ein paar Umwege fahren, doch sie ließen nicht locker: sie wollten Kanjak erwischen!
Seine Beine fühlten sich an, als hätte man Betonbrocken an sie gehängt und der Hengst wurde immer langsamer. Er würde dieses Tempo nicht mehr lange durchhalten!

*

Unter ihnen wurde Kanjak immer langsamer.
„Nein, Kanjak! Du darfst jetzt nicht aufgeben! Wir haben es fast geschafft!", munterte Kathy Kanjak verzweifelt in Gedanken auf.
Hinter ihr kramte Ashley wie wild in ihrer Hosentasche. Dann war ein leises Gemurmel zu hören.
„Was machst du?", fragte Katharina ihre Freundin.
„Nichts, nichts", brummelte diese, „nur für den Notfall!"

Auf einmal musste der Hengst einem Baumstamm ausweichen, und zwar so plötzlich, dass die Mädchen heruntergefallen wären, hätten sie sich nicht in Kanjaks langer Samtmähne verkrallt.
Die Hunde führten sie jetzt schon seit vielen Minuten durch den Wald und Kathy bezweifelte langsam, dass sie noch wussten, wohin sie sie leiteten.
Endlich durchbrachen sie das Dickicht und galoppierten über eine Lichtung, die immer steiler wurde; es sah aus, wie ein kleiner Hügel, der nach vorne hin spitz zulief - es gab also kein zurück mehr.
Eigentlich hätten die Freunde merken müssen, dass dies eine Klippe mit steilen Abgrund war, doch jeder hatte nur noch einen Gedanken im Kopf: Flucht. So blieb keine Zeit zum Denken.
„Stopp!", schrie Kathy, die den Abhang als erste bemerkt hatte, „da ist eine Schlucht!"
Schlitternd blieben die anderen stehen und sprangen reflexartig einen Schritt zurück.
Steine fielen polternd in die Tiefe, bis sie schließlich am Boden ankamen und in tausend Teile zersprangen.
Puh, das hätte böse enden können!

Als sie sich voller Furcht umdrehten, waren ihre Verfolger natürlich schon zur Stelle und stiegen aus dem Jeep, den sie so geparkt hatten, dass er den Rückweg versperrte.
Nicht schon wieder in der Falle!

*

Okay, jetzt waren sie endgültig verloren.
Aber langsam war es Kathy auch egal! Dauernd diese Niederlagen!
Müde kämpfte sie gegen die stetige Verzweiflung an, gab es jedoch gleich wieder auf, da sie keine Hoffnung mehr spüren wollte.
Wenn sie nicht frei kommen sollten, dann eben nicht!
Trotzig schob Kathy das Kinn vor.
Ja, sie würden es nicht schaffen, aber kampflos würde sie sich nicht geschlagen geben! Sie würde kämpfen - für ihre und die Freiheit ihrer Freunde.
Katharina schwor sich, lieber zu sterben, als sich zu ergeben - okay, das war jetzt übertrieben.
Aber auf jeden Fall würde sie sich nicht kampflos ergeben, das stand fest!

*

„Ja, ja! So sieht man sich wieder, nicht wahr?", rief Rob zu den Fliehenden. Seiner Stimme war deutlich anzuhören, dass er sich im Vorteil fühlte.
„Ihr hättet euch euren jämmerlichen Fluchtversuch sparen können, aber bitte. Wir kriegen euch so oder so. Seht es endlich ein: Ihr seid verloren! Wenn der Hengst uns jetzt seine Gabe gibt, lassen wir euch frei. Ihr kämt hier also ganz leicht raus, wenn wir nur das bekommen, was wir wollen!"
Natürlich dachten die Männer gar nicht daran, die Kinder, die Hunde und das Pferd freizulassen, sonst könnten sie ja die Polizei rufen!

Rob sah, wie sich die Hunde knurrend vor die Kinder und das Pferd stellten, als wollten sie sagen: Rührt sie bloß nicht an, sonst tun wir *euch* etwas!
Die ehemaligen Wachhunde spannten ihre, trotz der Gefangenschaft immer noch kräftigen Muskelpakete an, die deutlich unter der Haut zu sehen waren.
„Eure Beschützer helfen euch auch nichts: wir haben Waffen!"
Dies war wieder eine Lüge, doch sie wirkte.
 Mit Genugtuung nahm Will wahr, wie die Mädchen ängstlich zusammenzuckten und sich hinter dem gebieterisch hoch erhobenen Hals des Pferdes versteckten.
Ja! Sollten sie nur Angst haben! Angst war der erste Weg zur Unterwerfung!
Besitzergreifend nistete sich der Wahnsinn der Macht wieder in ihm ein.
Sein Herz wurde zu einem einzigen, nach Macht schreienden Schlag, der dieses Gefühl in jede seiner Zellen pulsierte.
Macht, Macht, Macht, Macht...
Sein Körper spannte sich an wie ein Raubtier, das sich zum Sprung bereit macht, um seine Beute zu zerfleischen.
Das Pferd würde ihnen nicht entkommen!

17. Kapitel:

„*K**eine Angst, sie haben keine Waffen!*", murmelte Filou ihnen über die Schulter hinweg zu.
„Woher willst du das wissen?!", flüsterte Kathy ungläubig. Sie hatte die vor Angst aufgerissenen Augen immer noch auf die Männer gerichtet, die anscheinend auf eine Antwort warteten.
„Ab und zu sind sie mit uns im Komplex spazieren gegangen und haben uns auch in die Häuser mitgenommen. Aber bei keinem dieser Spaziergänge haben wir Waffen gesehen, und glaube mir, wir leben schon sehr lange hier!", gab Jenjo ein wenig verärgert zurück, weil Kathy ihnen nicht gleich glaubte.
„Seid ihr sicher?", fragte Kanjak besorgt.
„Ihr wisst, dass von eurer Aussage womöglich unser Leben abhängt?!"
„Natürlich wissen wir das! Ihr könnt uns ruhig glauben!", brauste Jenjo auf.
„Okay, okay! Ist ja gut! Wir glauben euch ja! Aber...", besänftigte Ashley die Hunde, als ihre Freundin übersetzt hatte.
Eigentlich wollte sie noch fragen, was sie jetzt tun sollten, doch dazu kam sie nicht, denn die Männer, die anscheinend dachten, sie würden sich über die Gabe beratschlagen, schrien verärgert zu ihnen herüber:
„Na, was ist jetzt? Bekommen wir die Gabe, und ihr somit eure Freiheit, oder nicht?"
Sie bekamen keine Antwort. Aber was hätten die Freunde auch sagen sollen? Sie wussten ja selbst nicht, was sie tun sollten!

„Gut! Dann gebt ihr uns seine Gabe eben nicht *freiwillig*, sondern wir werden das Pferd jetzt dazu *zwingen*!", rief Will, der ihr Schweigen allem Anschein nach als „Nein" deutete, „wir holen jetzt unsere Waffen!"
Dann drehten sich die Entführer um und liefen zum Jeep, um die vermeintlichen Waffen zu holen.

*

Zwar wusste Jenjo, dass die Männer keine Gewehre oder Ähnliches hatten, doch trotzdem hatte er Angst.
Würden seine Freunde ihn hören? Kannten sie ihn überhaupt noch? Wussten sie, dass er ihnen mit Filou damals das Leben gerettet hatte und sich selbst somit zur wahrscheinlich ewigen Gefangenschaft verbannt hatte? Und dies nur, um ein paar wildfremde Wolfbabys zu retten?
Na, hoffentlich! Sonst waren sie jetzt nämlich verloren!
Denn selbst wenn ihre Verfolger keine Waffen hatten, würden sie sich nicht scheuen, zu Stöcken oder anderen „Ersatzhilfsmitteln" greifen!
Der Hund hatte keine Wahl: Er musste es versuchen, denn sie hatten keine andere Chance.

*

„Was sollen wir jetzt machen, wir haben doch gar keine Waffen?!", fragte Rob Will ängstlich.
„Keine Ahnung", brummte dieser zurück. Irgendwie mussten sie das Pferd dazu bekommen, ihnen die Gabe zu geben, wie auch immer das Tier das tun würde, aber Will war sich sicher, dass es wusste, wie es ging.
Sein Gedankenfluss wurde unterbrochen, als er hinter sich das laute Jaulen eines der Hunde hörte, in das der andere kurz darauf noch lauter miteinstimmte.
Die Männer schossen herum. Vielleicht konnten sie das Holen der Waffen etwas hinauszögern, indem sie noch etwas mit den Tieren und den Mädchen sprachen.
„Ja, heult nur! Das wird euch auch nicht helfen! Denkt daran: Wir können euch töten!", Rob wunderte sich, dass die Angesprochenen nicht die große Angst zeigten, die er eigentlich von ihnen erwartet hätte! Seltsam!

*

„Oh, Mann, Kanjak! Ich habe jetzt langsam echte Panik!", Ashley spürte, wie ihr die Tränen in die Augen stiegen.
Wo konnte ihre Freundin nur so viel Selbstbeherrschung aufbringen, um nicht so wie sie in Tränen auszubrechen?!
Katharina saß mit kerzengeradem Rücken, wie eine mutige Kriegerin, die verächtlich auf den Feind hinabsieht, auf Kanjak.
Pure Entschlossenheit las man in ihren Gesichtszügen. Ihr Mund war zu einem schmalen Strich zusammengekniffen und ihre Augen wanderten aufmerksam zwi-

schen Will und Rob hin und her.
„Das brauchst du nicht, Ashley! Es wird bestimmt alles gut!", beruhigte sie Kathy monoton und ohne sie anzusehen.
„Ja, Kathy hat Recht, Ashley! Die Hoffnung stirbt zuletzt!", meinte auch Kanjak.
Inzwischen waren die Männer fast am Jeep angelangt.
Kanjak erzitterte.
Jetzt wurde es ernster als ernst!
Auf einmal ließ Jenjo ein markerschütterndes Heulen aus seiner Kehle entweichen.
Sofort stimmte Filou mit ein.
„Hey, was ist?", fragte Kathy sanft.
Viel sanfter, als sie zu Ashley gesprochen hatte. Pah!
„Das werdet ihr bald sehen!", antworteten die beiden zwischen zusammengebissenen Lefzen und Jenjo dachte noch bei sich: „Hoffentlich!"
Ja, bald. Was würde „bald" bringen?
Die Freiheit?
Ashley wusste es nicht.
Und im Übrigen wollte sie jetzt, wo sie sich wieder einigermaßen gefangen hatte, nicht darüber nachdenken.

18. Kapitel:

Verwundert hob Murai den Kopf und spitzte die Ohren.
Ein markerschütterndes Heulen drang durch den Wald.
Unverkennbar ein Hilfeschrei eines Hundes. Was da wohl passiert war?
Die anderen Mitglieder seines Rudels hoben ebenfalls verblüfft die Köpfe.
Eigentlich hätte Murai sich nicht wundern müssen, denn es hallten öfter Schreie durch den Wald, doch dieses Heulen kam ihm so bekannt vor! Nein, von einem der Rudelmitglieder kam es nicht, aber von wem dann?
„Hörst du dieses nach Hilfe rufende Heulen? Es kommt mir so bekannt vor", sprach Mila, seine Schwester, ihn an.
Murai versuchte sich zu erinnern, wo er diese unverkennbare Stimme schon einmal gehört hatte. Seine Gedanken versetzten ihn mehrere Jahre zurück in die Vergangenheit, als er noch ein kleiner, nichts von der Welt und ihren Gefahren ahnender Wolfswelpe gewesen war.

An diesem Tag hatten er und seine Geschwister Mutter und Vater verloren. Seine Mutter war mit den Welpen an einem schönen Frühlingsmorgen spazierengegangen. Dabei waren ihnen zwei Männer begegnet, die sie dann angriffen und Murai und seine Geschwister mitsamt der Mutter einfangen wollten. Natürlich hatte seine Mutter Riah versucht, sie zu schützen, doch sie

wurde kaltblütig von den Männern erschlagen, als sie sich auf sie stürzen wollte.
Doch plötzlich, als die Männer nach den Welpen hatten greifen wollen, schossen zwei auch noch ziemlich junge Dobermänner, die anscheinend entlaufen waren, aus dem Gebüsch und stellten sich, aus welchem Grund auch immer, vor die schutzlosen Wölfe.
So konnten diese ein paar tapsige Schrittchen nach hinten fliehen. Doch anstatt die neuen Angreifer auch zu erschlagen, entschieden sich die Männer anscheinend um, packten die um sich beißenden Hunde am Genick und schleppten sie um eine Wegbiegung. Noch bevor die Welpen wussten, wie ihnen geschah, war auch schon der Motor eines Autos zu hören gewesen.
Dann hatten sie die Stimme der Hunde vernommen:
„Lauft weg, ihr seid nun in Sicherheit!"
Ja, so war es gewesen!
Die Hunde hatten sie verteidigt und waren so in Gefangenschaft geraten.
Ja, genau! Es war der Hilferuf dieser beiden Hunde, den sie vernommen hatten!
„Schnell, das sind die Hunde, die uns das Leben gerettet haben, als wir noch klein waren, wisst ihr nicht mehr?! Und sie brauchen diesmal *unsere* Hilfe!", schrie Murai in das Rudel.
Zuerst sahen die anderen ihn nur verdutzt an, doch dann schienen sie sich zu erinnern und liefen ihrem Anführer in die Richtung hinterher, aus der der Ruf gekommen war.
Nur Mila blieb kurz stehen und murmelte: „Ich wusste es doch!"
Dann lief auch sie los, um den Hunden zu helfen.

*

Jenjo und Filou sollten Recht behalten, aber nur zu einem Teil.
Die Männer holten zwar keine Waffen aus ihrem Jeep, dafür aber lange Stecken, die einem sicherlich auch sehr weh tun konnten...
Oh, je! Die Wölfe mussten sie einfach gehört haben! Wenn sie sie schlagen würden, würde Kanjak ihnen bestimmt seine Gabe geben! Und dies durfte niemals geschehen! Kanjak hatte doch ein so gutes Herz...
Jenjo sah, wie die Männer, die Stecken immer wieder in die geöffneten Handflächen schlagend, auf sie zukamen.
In Wills Gesicht war wieder dieses überhebliche Grinsen zu erkennen.
Nun trennten sie nur noch etwa drei Meter von den Männern.
„Wir werden kämpfen, verstanden?", flüsterte ihnen Kanjak zu.
Die anderen nickten zustimmend.
Nur noch ein Meter...
„Achtung, ich werde sie gleich angreifen!", kam es von dem Hengst.
Doch bevor dieser sich auf die Angreifer stürzen konnte, raschelte es plötzlich im Gebüsch hinter dem Jeep und ein ganzes Rudel Hunden ähnelnder Gestalten preschte daraus hervor, immer weiter auf sie zu...

*

„Aaaaah!", schrieen Kathy und Ashley gleichzeitig.
Aus dem Gebüsch, das auf der Lichtung wuchs, die sie vorhin durchquert hatten, kam eine ganze Schar von Hunden in ihre Richtung gerannt - dies dachte Kathy zumindest am Anfang, doch es kam noch schlimmer.
Die „Hunde" waren nämlich Wölfe, wie das Mädchen bemerkte, als die Tiere näher kamen.
Nein! Sie wollten nicht zerfleischt werden!
„Keine Angst! Das sind unsere Freunde!", rief Jenjo ihnen erleichtert zu, *„sie werden uns helfen!"*
Wölfe sollten ihnen helfen?! Na, wenn sich ihre Hundefreunde da mal nicht irrten!
Rob und Will hatten inzwischen auch bemerkt, dass sie von hinten angegriffen wurden, und sich umgedreht.
Mit weit aufgerissenen Augen starrten sie den Wölfen entgegen.
Rob ließ sogar vor lauter Schock den Stecken auf den weichen Grasboden fallen und ging panisch ein paar Schritte zurück.
Gebannt und erstaunt zugleich sah Kathy zu, wie sich die Wölfe auf die Männer stürzten.
Kathy war sich sicher, dass sie ihre Verfolger einfach getötet hätten, wären Jenjo und Filou nicht eingesprungen und hätten ihnen gesagt, dass sie die Männer nur festhalten, nicht aber umbringen sollten.
Wie in Trance starrte Katharina auf die Szenerie. Sie konnte es immer noch nicht glauben, dass ihnen *Wölfe* geholfen, ja vielleicht sogar das Leben gerettet hatten!
Zwei der schlanken, gräulichen Tiere hielten die Männer, die sie zuvor zu Fall gebracht hatten, in Schach, indem sie einfach ihren kräftigen Kiefer um ihren Hals legten, und so stehen blieben.

„Huhu, Kathy!", rief Ashley und fuchtelte ihr mit einer Hand vor dem Gesicht herum, „wir sind *gerettet* und du schaust so, als ob du ein Gespenst gesehen hättest! Freue dich doch!"
Kathy schüttelte sich.
Ihre Freundin hatte Recht! Sie sollte sich freuen und sich bei den Wölfen bedanken, anstatt nur dumm aus der Wäsche zu gucken!
„Ja, du hast Recht! Sie haben uns gerettet!", antwortete Kathy gerührt.
Dann glitt sie von Kanjak herunter und ging mutig auf die Wolfsgruppe zu, die ausgelassen mit den Hunden balgte.
Sie kannten sich also schon länger...

*

„Stoppt mal kurz, ich muss euch meine Freunde vorstellen!", sagte Filou zu den Wölfen, als er Kathy kommen sah.
Zuerst nahmen die Angesprochenen eine Drohstellung ein, aber nachdem Jenjo und Filou ihnen versichert hatten, dass sie sich nicht vor Kathy und den anderen fürchten mussten, trat ein besonders kräftig aussehender Wolf vor und neigte das Haupt vor Kathy und Kanjak mit Ashley, die inzwischen auch dazu gekommen waren.
„Es ist für mich und mein Rudel eine Ehre, die Helfer und Retter der Tiere kennenzulernen. Auch deine Bekanntschaft zu machen, Ashley, ist eine Ehre", wandte sich der Wolf an das Mädchen, das sich nun neben

Kathy gestellt hatte.

„Ja, wir freuen uns auch, aber woher kennst du uns und Ashleys Namen?", fragte Kathy etwas verwirrt.

„Wir haben uns natürlich bei Jenjo und Filou informiert!", grinste der Wolf, *„ach, ich bin übrigens Mulai! Und das…",* Mulai machte mit dem Kopf eine ausladende Geste zu den anderen Wölfen, *„ist mein Rudel!"*

Kanjak ging leicht in die Knie und senkte den Kopf. Dann sprach er zu dem Rudel: „Auch ich möchte nochmals betonen, dass wir uns sehr darüber freuen, eure Bekanntschaft machen zu dürfen! Ebenso möchte ich mich von ganzem Herzen bedanken, dass ihr uns geholfen habt! Das war wirklich Rettung in letzter Sekunde!"

Das war doch selbstverständlich! Wir haben den Hilferuf unserer Freunde sofort erkannt und haben keine Sekunde lang gezögert!", meinte eine schöne, hellgraue Wölfin, die nun zu Mulai trat und sich als Mila, Mulais Schwester, vorstellte.

Kathy lächelte den Wölfen noch einmal herzlich zu, dann fragte sie ihre Hundefreunde: „Warum seid ihr uns im Komplex eigentlich gefolgt?"

„Weil wir auch aus dem Komplex raus wollten! Wir wollten wieder frei sein, versteht ihr?", erklärte Filou ein wenig traurig. Anscheinend erinnerte er sich an die wahrscheinlich nicht gerade angenehmen Zeiten in der Gefangenschaft der Männer, die sie so gequält hatten.

„Oh, ja! Wir verstehen das! Und dann habt ihr natürlich mitbekommen, dass uns die Männer in eine Sackgasse getrieben haben, und beschlossen uns zu helfen!"

„Genau!", grinste der Hund.

Bevor Kathy, Kanjak oder Ashley noch etwas erwidern konnten, hörten sie auf einmal Blaulicht und kurze Zeit später brach ein blau-weißer Polizeiwagen aus dem Gebüsch, und drei Polizisten rannten auf sie zu.

Eilig flüchteten die Wölfe in den schützenden Wald. Es käme bestimmt nicht gut an, wenn die Polizisten ein ganzes Rudel Wölfe friedlich neben den Kindern und dem Pferd stehen sahen!

Katharina trat zu Kanjak und tat so, als ob sie ihn an der Mähne festhalten würde.

Ashley rief den Beamten zu: „Das sind sie!"

Und noch bevor Will und Rob sich aufrappeln und abhauen konnten, ergriffen sie schon zwei der Polizisten.

„Ashley! Du hast die Polizei informiert!", rief Katharina, die natürlich gleich gewusst hatte, wer diese angerufen hatte.

„Du alter Angsthase!", kicherte sie, doch sie war überglücklich, dass ihre Verfolger nun endlich gefangengenommen wurden. Deshalb drückte sie ihre Freundin fest an sich.

Da räusperte sich jemand hinter ihnen, und als die Freundinnen sich umdrehten, sahen sie in das ernste Gesicht des dritten Polizisten, der mit Notizblock und gezücktem Stift vor ihnen stand und sie fragend über die Ränder seiner Nickelbrille hinweg musterte.

„Also, wenn ich das richtig verstanden habe, hast du uns gerufen", der Polizist sah Ashley an.

„Ja, das habe ich! Und zwar aus gutem Grund!", entgegnete die Angesprochene.

„Gut, dann erzähle mal!", forderte der Polizist Ashley auf.

„Ich habe Sie gerufen, weil diese Männer Tierquäler sind!", ereiferte sich die sonst immer gelassene Ashley.

„Und, kannst du das auch beweisen?"

„Und ob ich das kann! Jenjo, Filou!", pfiff das Mädchen die Hunde zu sich, „hier! Schauen Sie sich nur diese vereiterten Pfoten an! Sie können ja schon fast nicht mehr laufen! Diese Tierschinder haben sie an viel zu enge Ketten gelegt und ihnen nicht einmal richtig zu fressen gegeben!"
Jetzt war Kathys beste Freundin so richtig in Fahrt.
„Okay, das ist wirklich ein Fall für uns!", meinte der Polizist und notierte sich etwas auf seinem Block.
„Das war noch nicht alles! Außerdem versuchten sie auch, uns mit diesen Stecken zu schlagen!"
Ashley hob die Stecken auf, die die Männer zuvor ins Gras hatten fallen lassen und hielt sie dem Beamten unter die Nase.
„Und wieso wollten sie euch schlagen?"
„Weil sie unser Pferd stehlen wollten!", entgegnete Ashley. Hoffentlich glaubten ihnen die Polizisten, denn sie konnten ihnen ja schlecht sagen, dass Will und Rob Kanjaks Gabe wollten!
„Aha! Also versuchte Körperverletzung und Diebstahl. Dafür müssen sie auf jeden Fall ins Gefängnis!", meinte der dicke Polizist sachlich und wandte sich dann an seine Kollegen, die die Männer immer noch festhielten: „Abführen!"
Schon wandte er sich zum Gehen um, doch da fiel ihm noch etwas ein: „Was machen wir jetzt mit den Hunden?"
„Machen Sie sich da mal keine Gedanken, wir wissen, wo sie hingehören!", rief Kathy schnell, bevor Ashley etwas sagen konnte.
„Na, dann ist ja jetzt alles geklärt!", brummte der Beamte. Anschließend notierte er noch die Namen der Mädchen und ging dann zum Polizeiwagen, in dem sich schon Will und Rob mit den anderen beiden Ord-

nungshütern befanden.
Danach fuhren sie mit lauter Sirene davon.

*

„Was machen wir jetzt mit Filou und Jenjo?", flüsterte Ashley Kathy ins Ohr, denn sie wollten nicht, dass die Hunde wussten, wovon sie sprachen, da sie den Polizisten ja nicht hatten verstehen können.
„Gar nichts!", flüsterte Kathy geheimnisvoll, „ich weiß, wo sie hin wollen!"
„Nun geht schon!", richtete sich Katharina an die Hunde, „ich weiß doch, dass ihr fortan bei euren Wolfsfreunden leben wollt!"
Zuerst sahen sie die Hunde nur verdutzt an, dann liefen sie, vor Freude mit dem Schwanz wedelnd, auf Kathy zu, und schleckten ihr einmal quer übers Gesicht.
„Toll! Also, dann verabschieden wir uns mal!", meinte Filou.
„Ja, und danke, dass ihr uns befreit habt!", fügte Jenjo hinzu.
„Ja, auf Wiedersehen!", sagte Kanjak, der inzwischen hinter die Mädchen getreten war, sanft und drückte seine samtweiche Nase gegen die feuchten Schnauzen der beiden Dobermänner.
Diese erwiderten den Abschiedsgruß und rannten dann zu den Wölfen, die schon am Waldrand auf die Hunde warteten, da sie auch mitbekommen hatten, welchen Entschluss Kathy gefasst hatte.
„Tschüss!", rief Kathy den Wölfen zu.
„Tschüss, und danke, dass ihr unsere Freunde von der

Qual im Komplex befreit habt!", kam es von dem Rudelführer.
Danach verschwanden die Vierbeiner rasch im Gebüsch.

19. Kapitel:

„Woher wusstest du, dass Jenjo und Filou bei den Wölfen bleiben wollen?", fragte Ashley Kathy neugierig, als das Rascheln der Wölfe mit ihren neuen Rudelmitgliedern im Unterholz nicht mehr zu hören war.
„Ja, hast du denn nicht die sehnsüchtigen Blicke zu der Wolfsfamilie und dem Wald gesehen? Sie sehnten sich nach Freiheit…
Der Wald war wahrscheinlich früher einmal ihre Heimat, verstehst du?"
„Ja, verstehe! A propos *Heimat*, ich glaube, ich will wieder heim!", jetzt war ein trauriger Glanz in Ashleys nussbraunen Augen zu erkennen und wenn sie es sich recht überlegte, wollte Kathy auch wieder nach Hause, um sich in Amazing Graces weiches Fell zu kuscheln und dann einfach nur zu schlafen. Denn auf einmal merkte das Mädchen, wie ihr die Beine wegzuknicken drohten.
Also wendete es sich an Kanjak, der sie - so weit dies möglich war - fragend musterte:
„Kanjak, ich glaube, wir wollen heim!"
„Das habe ich mir schon gedacht!", grinste der Hengst und stieß ein helles, klares Wiehern aus, das fast wie ein Lachen klang, „aber wir sind zu weit weg, um nach Hause zu reiten, wir müssen es also mit einem Portal versuchen!"
„Und wie bekommen wir so ein Portal?", fragte Ashley misstrauisch und zog die linke Augenbraue argwöhnisch nach oben.
„Ich werde es, sagen wir mal, „rufen". Das heißt, ich

denke ganz fest an ein Portal, und dann, wenn der Gedankenfluss am stärksten ist, erscheint es!"
„Ah, ja! Und das klappt?!", fragte Ash gedehnt.
„Natürlich! Obwohl ich zugeben muss, dass ich dies auch noch nie gemacht habe!", gab das Pferd zu, „aber jetzt Ruhe! Ich muss mich stark konzentrieren!"
Der Hengst schloss die schönen, großen Augen, und die Mädchen rührten sich nicht mehr, um auch ja keinen ach so kleinen Laut von sich zu geben. Sogar der Wald hinter ihnen schien den Atem anzuhalten, denn es war kein einziges Zwitschern eines Vogels oder das Rauschen der Blätter in den Bäumen zu hören.
Dann wurde es urplötzlich so hell, dass die Freundinnen geblendet die Augen zusammenkneifen mussten.
Als sie die Augen wieder öffneten, sahen sie eine Art flimmerndes Loch vor Kanjak mitten in der Luft aufragen, etwa so groß wie eine normale Haustür.
„Ja, es hat geklappt!", jubelte Kanjak, „das war vielleicht anstrengend!"
„Und jetzt?", fragte Kathy.
„Jetzt müssen wir - am besten setzt ihr euch auf mich - durch das Portal gehen und dabei fest an den Zielort denken. Ich würde sagen, wir lassen uns erst einmal in den Wald bringen, und zwar an die Stelle, wo mich die Männer entführt haben!"
„Okay!", meinte Kathy und schwang sich dann auf Kanjaks Rücken. Kurz darauf war auch Ashley aufgestiegen, und Kanjak trat selbstsicher einen Schritt auf das Portal zu.
Jetzt galt es, so gut wie möglich an den heimatlichen Wald zu denken!
Kathy konzentrierte sich auf das Rauschen der Blätter, den sanften Wind, der ihr immer ums Gesicht strich, wenn sie mit Amazing Grace über eine Lichtung ga-

loppierte, das Gezwitscher der Vögelchen...
Und plötzlich spürte sie, wie erst leicht, dann stärker an ihr gezogen wurde, bis sie schließlich dachte, sie würde fliegen...
Dann, auf einmal, wurde alles schwarz um sie.

Als sich die Dunkelheit wieder lichtete, saß sie wirklich wohlbehalten auf Kanjaks Rücken im Wald!
Unbegreiflich!

20. Kapitel:

Nachdem Kathy ein paar Mal tief durchgeatmet hatte, fragte sie Kanjak endlich das, was sie die ganze Zeit hatte erfahren wollen: „Du, Kanjak, was haben die Männer eigentlich mit dir gemacht?"
„Ja, ich denke, dass wir uns jetzt erst einmal alles erzählen müssen, was wir erlebt haben!"
„Okay! Wir fangen an, stimmt`s, Ash?", rief Katharina übermütig und ohne eine Antwort abzuwarten, fing sie an zu berichten: über die Hunde, wie sie ihnen die elektronische Karte gegeben hatten, die Ratten, die ihnen die Abkürzung durch das Rohr, das dann doch verschlossen war, gezeigt hatten und wie sie Kanjak schließlich befreien konnten.
„Das war ja interessant", kam es von dem Hengst, „mich haben die Männer durch den ganzen Komplex gezerrt und mich geschlagen!"
„Du Armer!", meinte Ashley mitfühlend und streichelte dem anmutigen Tier über den kräftigen Hals.
Nun erzählte das Pferd von seinem Großvater Coray, dem er auf solch wundersame Weise begegnet war.
„Ich denke, dass diese Begegnung damit zusammenhängt, dass du magische Kräfte besitzt!", machte Ashley den Vorschlag.
„Ja! Jetzt weiß ich, dass mir mein Großvater immer zur Seite steht und mir hilft, wenn ich ihn brauche!"
„Du, Kanjak? Nachdem das geklärt wäre, hätte ich noch eine Frage!", meinte Kathy.
„Okay, schieß los!", rief Kanjak in bester Laune. Er war so glücklich, dass alle in Sicherheit waren!

„Also, die Ratten haben etwas von „Tierversuchen" erzählt! Hast du irgendetwas entdecken können, das damit zu tun haben könnte? Zum Beispiel Käfige?"
Das Pferd sah gedankenverloren nach oben. Doch dann schüttelte es den hübschen Kopf, sodass die seidige, pechschwarze Mähne nur so flog.
„Nein, ich habe nichts dergleichen bemerkt!"
„Na ja, vielleicht haben sie die Käfige in einem anderen Gebäude versteckt!", sagte Ashley.
„Oder die Ratten haben sich geirrt!", kam es wiederum von Katharina.
„Das ist ja jetzt auch egal!", rief Kanjak schnell, um eine Diskussion zu vermeiden, „wichtig ist doch nur, dass alle wieder gesund und munter daheim sind!"
„Kanjak hat Recht", meinte Kathy beschwichtigend, „wir müssen froh sein, dass wir wieder zu Hause sind!"
Dann ging das Mädchen auf Kanjak zu und schlang ihm zum Abschied die Arme um den Hals, denn sie wusste, dass er im Wald bleiben würde.
Auch Ashley, die den gleichen Gedanken wie ihre Freundin gehabt hatte, kam zu dem Pferd und streichelte ihm einmal sanft über das seidige Fell.
„Auf Wiedersehen!", flüsterte Kathy Kanjak zu, „ich nehme nämlich an, dass du im Wald bleiben willst?"
„Ja, ich möchte hier bleiben, aber wir sehen uns bestimmt mal, wenn ihr einen Ausritt auf Amazing Grace macht oder wenn ich wieder mit dir Kontakt aufnehme und dir sage, dass du in den Wald kommen sollst, um mit mir Gedankenübertragung zu üben!", grinste der Hengst, und Katharina stöhnte beim Gedanken an die schwierige Übung auf.
Ihr wurde ja schon übel, wenn sie bloß daran *dachte!*
„Also, tschüss!", rief Kathy noch, dann drehte sie sich

um, um mit ihrer besten Freundin nach Hause zu laufen und sich dort erst einmal auszuruhen, denn ihr Abenteuer hatte sie ziemlich mitgenommen.
Hier, in der „realen Welt" war es immer noch Nachmittag und ihre Eltern würden sich sicherlich wundern, dass sie mitten am helllichten Tag schlief, aber das war ihr im Moment herzlich egal. Jetzt wollte das Mädchen einfach nur schlafen…
Auch Ashley hatte sich umgedreht, um Kathy zu folgen, doch da fiel ihr noch etwas ein: „Ach, ja, Kanjak! Woher wusstest du überhaupt, dass Kathy ein Pferd hat und dass es Amazing Grace hei-…?"
Weiter kam sie nicht, denn als sie zurückblickte, war der Hengst schon nicht mehr da…
„Lass es, Ashley! Manche Geheimnisse wird man von Kanjak nie erfahren!", sagte Kathy und legte ihrer Freundin den Arm um die Schultern.
„Wahrscheinlich hast du Recht!", meinte Ashley, und gemeinsam machten sie sich in Richtung Heimweg auf.

Epilog:

Zwei Tage später rannte Kathy fröhlich und gut erholt zu Amazing Graces Koppel, denn sie hatte sich mal wieder mit Ashley zu einem langen Ausritt in den Wald verabredet, und wer weiß, vielleicht würden sie ja dort auf Kanjak treffen…
Hach, das Leben konnte ja so schön sein!

*

Wie kleine Stecknadeln schlug ihm der eisige Regen, der vor ein paar Minuten eingesetzt hatte, aus dem leicht geöffneten Polizeiwagenfenster entgegen.
Vor Schmerz senkte Will den Kopf, um die stechenden Tröpfchen nicht direkt ins Gesicht zu bekommen.
Zu zwei Jahren Gefängnis wurden sie verdonnert, ZWEI GANZE JAHRE!
Und dies hatten sie nur diesen Kindern und dem Pferd zu verdanken!
Unbändige Wut schlug in ihm hoch.
Er würde sich rächen!
Oh, ja! Er würde sie wieder finden, und dann würde er zu härteren Mitteln greifen! Doch zuvor wartete eine lange Zeit im Gefängnis auf ihn und Rob.
Na ja, dafür brauchte er eben Geduld, nur Geduld…

Der Tag der Abrechnung würde kommen…

DANKSAGUNG:

Danke an Frau Esther Schiffler vom Franken-Landschulheim Schloss Gaibach für das Erstkorrekturlesen meiner Geschichte.

Autorin:

Sabine Steger wurde 1997 in Schweinfurt geboren. Seit ihrer Kindheit liest sie mit Begeisterung Bücher. "Kanjak - Saving Hearts" ist ihr Erstlingswerk.